断壁之上

陈思和
宋炳辉

主编

四川人民出版社

图书在版编目（CIP）数据

断壁之上/陈思和，宋炳辉主编.—成都：四川
人民出版社，2024.1
ISBN 978-7-220-13436-4

Ⅰ.①断…　Ⅱ.①陈…②宋…　Ⅲ.①中国文学-现
代文学-作品综合集②中国文学-当代文学-作品综合集
Ⅳ.①I216.1

中国国家版本馆 CIP 数据核字（2023）第 154303 号

DUANBI ZHI SHANG

断壁之上

陈思和　　宋炳辉　　主编

出 版 人	黄立新
选题策划	李淑云
责任编辑	李京京
封面设计	叶　茂
内文设计	李其飞
责任校对	曹　娜
责任印制	周　奇

出版发行	四川人民出版社（成都三色路 238 号）
网　　址	http://www.scpph.com
E-mail	scrmcbs@sina.com
新浪微博	@四川人民出版社
微信公众号	四川人民出版社
发行部业务电话	(028) 86361653　86361656
防盗版举报电话	(028) 86361653
照　　排	四川胜翔数码印务设计有限公司
印　　刷	成都兴怡包装装潢有限公司
成品尺寸	155mm×230mm
印　　张	14.25
字　　数	165 千
版　　次	2024 年 1 月第 1 版
印　　次	2024 年 1 月第 1 次印刷
书　　号	ISBN 978-7-220-13436-4
定　　价	69.00 元

编选说明

一、本书编选宗旨：站在新世纪回眸百年中国文学，以其艺术精品展示后人，为未来中国保留一份 20 世纪中国文学的"古文观止"。

二、本书编选性质：既为广大中文专业的本科和专科学生提供一部篇幅不大、内容精要、适合阅读学习的 20 世纪中国文学作品选，也为一般文学爱好者提供一部艺术性强，并且凝聚了现代中国知识分子美好精神境界的美文选，值得读者欣赏和珍藏。

三、本书编选范围：20 世纪文学中的优秀作品，以现代汉语创作为主，包括小说、诗歌、散文、戏剧。长篇小说和篇幅过长的中篇小说选取其最能体现作家艺术成就的精彩片段；但一般的中篇小说、短篇小说均收录全篇。篇幅过长的诗歌和多幕戏剧也采取选其精彩片段的方法。散文包括抒情性散文、议论性散文、杂文和其他相关文体，但不包括篇幅较大的报告文学和理论批评文章。一般不选入旧体诗词。

四、本书编选体例：其顺序为〔1〕篇名；〔2〕作家简介；〔3〕作品正文；〔4〕作家的话；〔5〕评论家的话。其中〔4〕选取作家本人有关的创作谈。如一时找不到的，则空缺。〔5〕选取较权威的评论家已发表的对所选作品的批评或就作家整体风格的批评意见。通常选一到两则。如一时找不到的，由参与本书编辑工作的有关人员撰写，但不标"评论家的话"，而标"推荐者的话"，以示区别。

五、本书编选原则：本书强调感人的语言艺术和知识分子人格力量相融合的审美标准，强调真正的艺术创造是超越时间和空间限制而永存于世的文学观念，一般不考虑文学史的需要，不考虑思潮流派的代表性，也不考虑作家在现实社会中的地位和影响。

六、本书编选方式：本书所选作品，要求选其最好的版本。若有作家多次修改的作品，应在比较各种版本的基础上，以其艺术表现最成熟的版本为准，也会参考其他版本稍作修改。

七、本书编排顺序：基本按作品写作时间的前后排列，若无从考其写作年月，则以其初刊年月为准。相同作家的作品，也按其写作或发表时间的前后排列。

八、本书初版由复旦大学中文系现代文学教研室与中央广播电视大学等单位共同编辑，陈思和与李平担任主编，邓逸群与宋炳辉担任副主编，共同负责全书的策划、协调、审读、定稿等工作。参加工作的具体人员是：王东明、苏兴良、李平、钱旭初、韩鲁华、陈利群（主要负责小说编选）；李振声、张新颖、宋炳辉、梁永安（主要负责诗歌与散文作品的编选）；杨竞人、邓逸群（负责戏剧作品的编选）。另外，张业松也参加过部分工作。本书初版由上海学林出版社 1999 年出版。

本次修订，主要由宋炳辉负责，参与者有：郜元宝、张新颖、王光东、宋明炜、段怀清、金理等。陈思和最后审定。此次修订，对当代部分做了一些调整，新增了韩松、王小波、迟子建、阎连科等作家的相关篇目。

九、我们必须声明的是，这并不是十全十美的选本，更不是唯一的经典的选本，它只是一个能够比较自由地表达编者的文学审美观念的选本，希望读者能够从中获得人格的影响和美的熏陶。对于有些地区的作品（如香港、台湾地区等），因为资料的缺乏和信息的不敏，我们并无十分的把握，难免有遗珠之憾。"作家的话"和"评论家的话"两部分，因为不能翻阅所有的资料，肯定有许多选得不甚到位。我们希望读者能给以认真的批评和建议，以便以后再版时能有所修订增补，使其尽可能地接近于完美。

主编：陈思和　宋炳辉

目 录
CONTENTS

鸥外鸥

和平的础石 ◈

——《香港的照相册》

　　鸥外鸥，原名李宗大。1911 年出生，广东虎门人。20
世纪 30 年代编过《诗群众》《中国诗坛》等。40 年代任
《诗》刊执行编委、新大地出版社编辑室主任。50 年代在广
东国民大学、华南联合大学、华南师范学院任教，后任中
华书局、商务印书馆广州编辑室总编辑等。1930 年开始发
表诗作。诗具有独特的表现力，轻松俏皮其外，犀利劲健
于内。早年代表作有《和平的础石》《被开垦的处女地》。晚
近代表作有《理想之窗》《盲鱼之盲》。著有《鸥外鸥诗集》
《鸥外鸥之诗》等集。1995 年去世。

东方国境的最前线的交界碑！

太平山的巅上树立了最初欧罗巴的旗

SIR FRANCE HENRY MAY

从此以手支住了腮了。

香港总督的一人。

思虑着什么呢?

忧愁着什么的样子。

向住了远方。

不敢说出他的名字，

金属了的总督。

是否怀疑巍巍高耸在亚洲风云下的

休战纪念坊呢。

奠和平的础石于此地吗?

那样想着而不瞑目的总督，

日夕踞坐在花岗石上永久地支着腮

腮与指之间

生上了铜绿的苔藓了——

在他的面前的港内，

下碇着大不列颠的鹰号母舰和潜艇母舰美德威号

生了根的树一样的。

肺病的海空上

夜夜交错着探照灯的 X 光

纵横着假想敌的飞行机，

银的翅膀

白金的翅膀。

手永远支住了腮的总督，

何时可把手放下来呢?

那只金属了的手。

1939 年

选自《鸥外鸥之诗》

花城出版社 1985 年 11 月

作家的话 ◈

　　作为一个诗人的人，我认为应该抱住了"前无古人，后无来者"的气概。即不必依循前人的脚步，亦不必望后人跟随自己。

　　我写诗的工作，十多年了。十多年来，不过在无限的沙漠上走了一段路而已。在沙漠上也曾留下自己的足迹，那足迹都是自己的，既无前人可循，又不足为后人效法。论者们对我的诗，都说我不走既成的路的。的确，在诗的沙漠上我独来独往。自己行自己的路。那条路是一条 No name Road 没有钉上街路牌，但总算是我自己的路，路上的行人，唯我之外并无其他。

　　…… ……

　　反对我的人，我知道不少。然而同意我的人，亦有不少。为什么呢？大概反对我的都是非"拜伦路"、"歌德路"……甚至"莎士比亚路"、"荷马路"不行的，倘没有钉着有名气的街路牌，没有够历史味的名称的路，便望而却步了。而同意我的人，都有点爱沙漠、爱海洋、爱天空的无限无疆。欢喜没有街道的沙漠。知道沙漠虽然没有道路，仍然可以通行无阻的。各有千秋，各有宇宙。

《〈鸥外鸥诗集〉自序》

评论家的话 ◈

近来读到鸥外鸥先生的一首诗，似乎也可作例。这首诗题为《和平的础石》，写在香港，歌咏的是香港老总督的铜像……诗行也许太参差些。但"金属了的他""金属了的手"里的"金属"这个名词用作动词，便创出了新的词汇，可以注意。

朱自清：《朗读与诗》

钱锺书

魔鬼夜访钱锺书先生

钱锺书，字默存，号槐聚，曾用笔名中书君。1910年生于江苏无锡，其父为大学者钱基博。1933年毕业于清华大学外文系。1935年考取英国退回庚子赔款提供的留学名额，入英国牛津大学英文系，获副博士学位。1937年入法国巴黎大学研究院进修法国文学。识多国文字，读万卷书籍。1938年回国。先后在西南联大外文系、湖南蓝田师范学院英语系任教授等职，上海沦陷期间蛰居撰写理论著作《谈艺录》和长篇小说《围城》等，以博闻强记与讽刺手法见长。1949年以后历任清华大学外文系教授、文学研究所研究员。1982年起任中国社会科学院副院长。晚年出版学术巨著《管锥编》。1998年病逝于北京。

"论理你跟我该彼此早认识了，"他说，拣了最近火盆的凳子坐下，"我就是魔鬼；你曾经受我的引诱和试探。"

　　"不过，你是个实心眼儿的好人！"他说时泛出同情的微笑，"你不会认识我，虽然你上过我的当。你受我引诱时，你只知道我是可爱的女人、可亲信的朋友，甚至是可追求的理想，你没有看出是我。只有拒绝我引诱的人，像耶稣基督，才知道我是谁。今天呢，我们也算有缘。有人家做斋事，打醮祭鬼，请我去坐首席，应酬了半个晚上，多喝了几杯酒，醉眼迷离，想回到我的黑暗的寓处，不料错走进了你的屋子。内地的电灯实在太糟了！你房里竟黑洞洞跟敝处地狱一样！不过还比我那儿冷；我那儿一天到晚生着硫黄火，你这里当然做不到——听说炭价又涨了。"

　　这时候，我惊奇已定，觉得要尽点主人的义务，对来客说："承你老人家半夜暗临，蓬荜生黑，十分荣幸！只恨独身作客，没有预备欢迎，抱歉得很！老人家觉得冷么？失陪一会，让我去叫醒用人来沏壶茶，添些炭。"

　　"那可不必，"他极客气地阻止我，"我只坐一会儿就要去的。并且，我告诉你"——他那时的表情，亲信而带严重，极像向医生报告隐病时的病人——"反正我是烤火不暖的。我少年时大闹天宫，想夺上帝的位子不料没有成功，反而被贬入寒冰地狱受苦①，好像你们人世从前俄国的革命党，被暴君充配到西比利亚雪地一样。我通身热度都被寒气逼入心里，变成一个热中冷血的角色。我曾在火炕上坐了三日三夜，屁股还是像窗外的冬夜，深黑地冷……"

我惊异地截断他说："巴贝·独瑞维衣（Barbey D'Aurevilly）不是也曾说……"

"是啊，"他呵呵地笑了，"他在《魔女记》（Les Diaboliques）第五篇里确也曾提起我的火烧不暖的屁股。你看，人怕出名啊！出了名后，你就无秘密可言。什么私事都给采访们去传说，通讯员等去发表。这么一来，把你的自传或忏悔录里的资料硬夺去了②。将来我若做自述，非另外捏造点新奇事实不可。"

"这不是和自传的意义违反了吗？"我问。

他又笑了："不料你的识见竟平庸得可以做社论。现在是新传记文学的时代。为别人作传记也是自我表现的一种；不妨加入自己的主见，借别人为题目来发挥自己。反过来说，作自传的人往往并无自己可传，就逞心如意地描摹出自己老婆、儿子都认不得的形象，或者东拉西扯地记载交游，传述别人的轶事。所以，你要知道一个人的自己，你得看他为别人作的传；你要知道别人，你倒该看他为自己作的传。自传就是别传。"

我听了不由自主地佩服，因而恭恭敬敬地请求道："你老人家允

---

① 密尔顿《失乐园》第一卷就写魔鬼因造反，大闹天堂被贬。但丁《地狱篇》第三十四出写魔鬼在冰里受苦。
② 像卡尔松与文匈合作的《魔鬼》（Garcon & Vinchon：Le Diable）就搜集许多民间关于魔鬼的传说。

许我将来引用你这段话么？"

他回答说："那有什么不可以？只要你引到它时，应用'我的朋友某某说'的公式。"

这使我更高兴了，便谦逊说："老人家太看得起我了！我配做你的朋友么？"

他的回答颇使我扫兴："不是我瞧得起你，说你是我的朋友；是你看承我，说我是你的朋友。做文章时，引用到古人的话，不要用引号，表示辞必己出，引用今人的话，必须说'我的朋友'——这样你才能招徕朋友。"

他虽然这样直率，我还想敷衍他几句："承教得很！不料你老人家对于文学写作也是这样的内行。你刚才提起《魔女记》已使我惊佩了。"

他半带怜悯地回答："怪不得旁人说你跳不出你的阶级意识，难道我就不配看书？我虽属于地狱，在社会的最下层，而从小就有向上的志趣。对于书本也曾用过功夫，尤其是流行的杂志小册子之类。因此歌德称赞我有进步的精神，能随着报纸上所谓'时代的巨轮'一同滚向前去①。因为你是个欢喜看文学书的人，所以我对你谈话时就讲点文学名著，显得我也有同好，也是内行。反过来说，假使你是个反对看书的多产作家，我当然要改变谈风，对你说我也觉得书是不必看的，只除了你自己做的书——并且，看你的书还嫌人生太短，哪有工夫看什么典籍？我会对科学家谈发明，对历史家谈考古，

----

① 歌德《浮士德》第一部巫灶节，女巫怪魔鬼形容改变，魔鬼答谓世界文明日新，故亦与之俱进。

对政治家谈国际情势，展览会上讲艺术赏鉴，酒席上讲烹调。不但这样，有时我偏要对科学家讲政治，对考古家论文艺，因为反正他们不懂什么，乐得让他们拾点牙慧；对牛弹的琴根本就不用挑选什么好曲子！烹调呢，我往往在茶会上讨论；亦许女主人听我讲得有味，过几天约我吃她自己做的菜，也未可知。这样混了几万年，在人世间也稍微有点名气。但丁赞我善于思辨，歌德说我见多识广①。你到了我的地位，又该骄傲了！我却不然，愈变愈谦逊②，时常自谦说：'我不过是个地下鬼！'就是你们自谦为'乡下人'的意思，我还恐怕空口说话不足以表示我的谦卑的精神，我把我的身体来作为象征。财主有布袋似的大肚子，表示囊中充实；思想家垂头弯背，形状像标点里的问号，表示对一切发生疑问；所以——"说时，他伸给我看他的右脚，所穿皮鞋的跟似乎特别高——"我的腿是不大方便的③，这象征着我的谦虚，表示我'蹩脚'。我于是发明了缠小脚和高跟鞋，因为我的残疾有时也需要掩饰，尤其碰到我变为女人的时候。"

我忍不住发问说："也有瞻仰过你风采的人说，你老人家头角峥嵘，有点像……"

他不等我讲完就回答说："是的，有时我也现牛相④。这当然还是一种象征。牛惯做牺牲，可以显示'我不入地狱，谁入地狱'的

---

① 《地狱篇》第二十七出魔鬼自言为论理学家。《浮士德》第一部《书斋节》魔鬼自言虽非无所不知，而见闻亦极广博。

② 柯律治《魔鬼有所思》、骚赛《魔鬼闲行》二诗皆言魔鬼以谦恭饰骄傲。

③ 魔鬼跛足，看勒萨日（Lesage）《魔鬼领导观光记》（Le Diable Boiteux）可知。又笛福（Defoe）《魔鬼政治史》（Political History of the Devil）第二部第四章可知。

④ 魔鬼常现牛形，《旧约全书·诗篇》第十六篇即谓祀鬼者造牛像而敬事之。后世则谓魔鬼现山羊形，笛福详说之。

精神；并且，世人好吹牛，而牛绝不能自己吹自己，至少生理构造不允许它那样做，所以我的牛形正是谦逊的表现。我不比你们文人学者会假客气。有种人神气活现，你对他恭维，他不推却地接受，好像你还他的债，他只恨你没有附缴利钱。另外一种假作谦虚，人家赞美，他满口说惭愧不敢当，好像上司纳贿，嫌数量太少，原璧退还，好等下属加倍再送。不管债主也好，上司也好，他们终相信世界上还有值得称赞的好人，至少就是他们自己。我的谦虚才是顶彻底的，我觉得自己就无可骄傲，无可赞美，何况其他的人！我一向只遭人咒骂，所以全没有这种虚荣心。不过，我虽非作者，却引起了好多作品。在这一点上，我颇像——"他说时，毫不难为情，真亏他！只有火盆里通红的炭在他的黑脸上弄着光彩，"我颇像一个美丽的女人，自己并不写作，而能引起好多失恋的诗人的灵感，使他们从破裂的心里——不是！从破裂的嗓子里发出歌咏。像拜伦、雪莱等写诗就受到我的启示①。又如现在报章杂志上常常鬼话连篇，这也是受我的感化。"

我说："我正在奇怪，你老人家怎会有工夫。全世界的报纸，都在讲战争。在这个时候，你老人家该忙着屠杀和侵略，施展你的破坏艺术，怎会忙里偷闲来找我谈天。"

他说："你颇有逐客之意，是不是？我是该去了，我忘了夜是你们人世间休息的时间。我们今天谈得很畅，我还要跟你解释几句，你说我参与战争，那真是冤枉。我脾气和平，顶反对用武力，相信

---

① 骚赛《末日审判》（Vision of Judgment）长诗自序说拜伦、雪莱皆魔鬼派诗人。

条约可以解决一切，譬如浮士德跟我歃血为盟，订立出卖灵魂的契约[1]，双方何等斯文！我当初也是个好勇斗狠的人，自从造反失败，驱逐出天堂，听了我参谋的劝告，悟到角力不如角智[2]，从此以后我把诱惑来代替斗争。你知道，我是做灵魂生意的。人类的灵魂一部分由上帝挑去，此外全归我。谁料这几十年来，生意清淡得只好喝阴风。一向人类灵魂有好坏之分。好的归上帝收存，坏的由我卖买。到了十九世纪中叶，忽然来了个大变动，除了极少数外，人类几乎全无灵魂。有点灵魂的又都是好人，该归上帝掌管。譬如战士们是有灵魂的，但是他们的灵魂，直接升入天堂，全没有我的份。近代心理学者提倡'没有灵魂的心理学'，这种学说在人人有灵魂的古代，决不会发生。到了现在，即使有一两个给上帝挑剩的灵魂，往往又臭又脏，不是带着实验室里的药味，就是罩了一层旧书的灰尘，再不然还有刺鼻的铜臭，我有爱洁的脾气，不愿意捡破烂。近代当然也有坏人，但是他们坏得没有性灵，没有人格，不动声色像无机体，富有效率像机械。就是诗人之类，也很使我失望；他们常说表现灵魂，把灵魂全部表现完了，更不留一点儿给我。你说我忙，你怎知道我闲得发慌，我也是近代物质和机械文明的牺牲品，一个失业者，而且我的家庭负担很重，有七百万子孙待我养活[3]。当然，应酬还是有的，像我这样有声望的人，不会没有应酬，今天就是吃了饭来。在这个年头儿，不愁没有人请你吃饭，只是人不让你用本领

---

[1] 马洛（Marlowe）《浮士德 4》（Faustus）记浮士德刺臂出血，并载契约全文。

[2] 见《失乐园》第二卷。

[3] 魏阿《魔鬼威灵记》（Johann Weier：De Praestigiis Daemonium）载小鬼数共计七百四十万五千九百二十六个。

来换饭吃。这是一种苦闷。"

他不说了。他的凄凉布满了空气，减退了火盆的温暖。我正想关于我自己的灵魂有所询问，他忽然站起来，说不再坐了，祝我"晚安"，还说也许有机会再相见。我开门相送。无边际的夜色在静等着他。他走出了门，消融而吞并在夜色之中，仿佛一滴雨归于大海。

选自《写在人生边上》

开明书店 1941 年第 1 版

作家的话 ◈

人生据说是一部大书。

假使人生真是这样，那末，我们一大半作者只能算是书评家，具有书评家的本领，无须看得几页书，议论早已发了一大堆，书评一篇写完缴卷。

但是，世界上还有一种人。他们觉得看书的目的，并不是为了写批评或介绍。他们有一种业余消遣者的随便和从容，他们不慌不忙地浏览。每到有什么意见，他们随手在书边的空白上注几个字，写一个问号或感叹号，像中国旧书上的眉批，外国书里的 Margina-lia。这种零星随感并非他们对于整部书的结论。因为是随时批识，先后也许彼此矛盾，说话过火。他们也懒得去理会，反正是消遣，不像书评家负有指导读者、教训作者的重大使命。

《〈写在人生边上〉序》

评论家的话 ◈

　　想来钱锺书之做文章，大抵也经常是画鬼魅以自娱的。他的那一支笔一旦放"刁"，简直就像是化身蝇子飞进铁扇公主肚子里，看遍了她的五脏六腑，然后哧哧冷笑的孙猴子发出来的声响。这一种穷达世相、人鬼兽三界皆知的狂怪文章，亦为钱锺书旨趣在乎"观海之澜"的证据。

胡河清：《钱锺书论》

曹 禺

崩溃·棺材 （《北京人》节选）

　　《北京人》创作于 1940 年，由文化生活出版社 1941 年 12 月初版。剧本以抗战前北平一个典型的封建世家为题材，描写了曾家三代的生活。曾家曾有过显赫的过去，但如今已风雨飘摇。老一代曾皓是这个封建家庭的代表，他自私虚弱、忧虑烦恼，但处境凄凉，债台高筑。与儿媳曾思懿钩心斗角，实权已落在儿媳之手。儿子曾文清虽有温爱可亲的性格，但头脑充满了封建的腐朽文化；虽热恋着青梅竹马的表妹愫方，但又不敢违背礼教；虽时有反抗，甚至出走，但最终不得不沮丧归来，以至吞食鸦片自杀。孙子曾霆和孙媳瑞贞过的是一种无爱情的婚姻生活。瑞贞由于不能忍受婆婆的虐待，终于离开了这个封建牢笼。本书分别节选第二幕和第三幕的两个精彩片段。标题为编者所加。

崩　溃

〔瑞贞缓缓由小书斋走出来，愫方依然在书斋里发痴。

曾瑞贞　（走到霆的身后，略弯身，轻轻拍着他的肩膀，哀怜地）不要哭了，袁小姐走了。

曾　霆　（抬头）愫，愫姨的话是真的？

曾瑞贞　（望着他，深深地一声叹气）

曾　霆　（大恸，怨愤地）哦，是哪个人硬要把我们两个拖在一起？（立起）我真是想（顿足）死啊！

〔霆向书斋小门跑出。

愫　方　霆儿！

〔霆头也不回，夺门而出。

曾瑞贞　（呆呆跌坐在凳子上）

愫　方　（走过来）瑞贞。

曾瑞贞　愫姨。

愫　方　（抚着她的头发）你，你别——

曾瑞贞　（猛然抱着愫方）我也真是想死啊！

愫　方　（温和地）瑞贞。

曾瑞贞　（忍不住一面流泪，一面怨诉着）愫姨，你为什么要告诉袁家伯伯呢？为什么要叫袁家小姐不跟他来往呢？

愫　方　（悲哀地）瑞贞，我太爱你，我看你苦，我实在忍不下去了。（昏惑地）我不知道我怎么跑去说的，我像个傻子似的跑去见了袁先生，我几乎不知道我说了些什么，我又昏昏糊糊跑出来了。瑞贞，如果霆儿从这以后能够——

曾瑞贞　（沉痛）你真傻呀，愫姨，他是不喜欢我的。你看不出来？他是一点也不喜欢我的！

愫　方　（哀伤地）不，他是个孩子，他有一天就会对你好的。唉！瑞贞，等吧，慢慢地等吧，日子总是有尽的。活着不是为着自己受苦，留给旁人一点快乐，还有什么更大的道理呢？等吧，他总会——

曾瑞贞　（立起摇头，沉缓地）不，愫姨，我等不下去了。我要走了，我已经等了两年了。

　　〔外面曾皓声：愫方，愫方！

愫　方　你上哪里去？

曾瑞贞　（痴望）我那女朋友告诉我，有这么一个地方，那里——

愫　方　（哀缓地）可是你的孩子，（把那小衣服递在瑞的眼前）——

曾瑞贞　（接下看看）那孩子，（长叹一声不觉把衣服掷落地上）——

　　〔由书斋小门露出曾皓的上半身。

曾　皓　（举着蜡烛）愫方，快来，汤婆子漏了，一床都是水！

　　〔愫方与曾皓由书斋小门下。

　　〔思拿着账本由自己的卧室走出，瑞连忙从地上拾起小衣服藏起。

曾思懿　（瞥见愫方的背影）愫小姐！愫小姐！（对瑞）那不是你的愫姨么？

曾瑞贞　嗯。

曾思懿　怎么看见我又走了？

曾瑞贞　爷叫她有事。

曾思懿　（厉声）去找她来，说你爹找她有事。

　　　　〔瑞低头由书斋小门下，远处更锣声。文清由卧房走进，思走到八仙桌前数钱。

曾文清　（焦急地）你究竟要怎么样？

曾思懿　（翻眼）我不要怎么样。

曾文清　你要怎样？你说呀，说呀！

曾思懿　（故意作出一种忍顺的神色）我什么都看开了，人活着没有一点意思。早晚棺材一盖，两眼一瞪，什么都是假的。（走向自己的卧室）

曾文清　你要干什么？

曾思懿　（回头）干什么？我拿账本交账！

　　　　〔思走进屋内。

曾文清　（对门）你这是何苦，你这是何苦！你究竟想怎么样？你说呀！

　　　　〔思拿着账本又由卧室走进。

曾思懿　（翻眼）我不想怎么样。我只要你日后想着我这个老实人待你的好处。明天一见亮我就进尼姑庵，我已经托人送信了。

曾文清　哦，天哪，请你老实说了吧。你的真意是怎么回事，

　　　　　　我不是外人，我跟你相处了二十年，你何苦这样？

曾思懿　（拿出方才懔给文的信，带着嘲蔑）哼，她当我这么好
　　　　　欺负，在我眼前就敢信啊诗啊地给你递起来。（突然狠
　　　　　恶地）还是那句话，我要你自己当着我的面把她的信
　　　　　原样退给她。

曾文清　（闪避地）我，我明天就会走了。

曾思懿　（严厉）那么就现在退给她。我已经替你请她来了。

曾文清　（惊恐）她，她来干什么？

曾思懿　（讽刺地）拿你写给她的情书啊！

曾文清　（苦闷地叫了一声）哦！（就想回转身跑到卧室）

曾思懿　（厉声）敢走！（文停住脚，思切齿）不会偷油的耗子，
　　　　　就少在猫面前做馋相。这一点点颜色我要她——
　　　　　〔蓦地大客厅里的灯熄灭，那巨影也突然消失，袁圆换
　　　　　了睡衣，抱着那“孤独”举着灯打开一扇门走进来，
　　　　　手里拿着一张纸条。

袁　圆　（活泼地）哟，（递信给文）曾伯伯，我爸爸给你的信！
　　　　　（转对思指着）你们俩儿还没有睡，我们都要睡了。
　　　　　〔圆转身就跳着进了屋，门倏地关上。

曾文清　（读完信长叹一声）唉。

曾思懿　怎么？

曾文清　（递信给她）袁先生说他的未婚妻就要到。

曾思懿　他有未婚妻？

曾文清　嗯，他请你替他找所好房子。

曾思懿　（读完，嘲讽地）哼，这么说，我们的懔小姐这

次又——

　　〔愫方拿着蜡烛由书斋小门上。

愫　方　（低声）表哥找我？

曾文清　我——

曾思懿　是，愫妹。（把信递给文）怎么样？

曾文清　哦。（想走）

曾思懿　（厉声）站住！你真的要逼我撒野？

曾文清　（哀恳地）愫方，你走吧，别听她。

愫　方　（回头望思，想转身）

曾思懿　（对愫）别动！（对文，阴沉地）拿着还给她！（文屈服
　　　　地伸手接下）

愫　方　（望着文清，僵立不动。文痛苦地举起那信）

曾思懿　（狞笑）这是愫妹妹给文清的信吧？文清说当不起，请
　　　　你收回。

愫　方　（颤抖地伸出手，把文清手中的信接下）

曾文清　（低头）

　　　　〔静寂。

　　　　〔愫默默地由书斋小门走出。

曾文清　（回头望愫方走出门，忍不住倒坐在沙发上哽咽）

曾思懿　（低声，狠恶地）哭什么？你爹死了！

曾文清　（摇头）你不要这么逼我，我是活不久的。

曾思懿　（长叹一声）隔壁杜家的账房晚上又来逼账了，老头拿
　　　　住银行折子，一个钱也不拿出来。文清，我们看谁先
　　　　死吧，我也快叫人逼疯了。

〔思忙忙由书斋小门下。

〔文清失神地站起来，缓缓地向自己的卧室走。那边门内砰然一声，像是木杖掷在门上的声音。文彩喊着由她的卧室跑出。

曾文彩　（低声，恐惧地）哥哥！

曾文清　怎么？

曾文彩　他，他又发酒疯了！

曾文清　（无力地）那我，我怎么办？

曾文彩　（急促）哥哥，怎么办，你看怎么办？

〔突然屋内又有摔东西的声音和猖狺然骂人的声音。

曾文彩　（拉着文的臂）你听他又摔东西了。

曾文清　（捧着自己的头）唉，让他摔去得了。

曾文彩　（心痛地）他，他疯了，他要打我，他要离婚——

曾文清　（惨笑）离婚？

〔江泰在屋内的声音：（拍桌）文彩！文彩！

曾文彩　哥哥！

〔江泰在屋内的声音：（拍桌大喊）文彩！文彩！文彩！

曾文彩　（拉着他）哥哥！你听！

曾文清　你别拉着我吧！

曾文彩　（焦急）他这样会出事的，会出事的，哥哥！

曾文清　放开我吧，我心里的事都闹不清啊！

〔文摔开手，跟跄步入自己的卧室内。

〔彩向自己的卧室走了两步，突然门开，跌进来醉醺醺的江泰，一只脚穿着拖鞋，那一只是光着。

江　泰　（不再是方才那样苦恼可怜的样子，倚着门口瞪红了眼睛）你滚到哪里去了？你认识不认识我是江泰，我叫江泰，我叫你叫你，你怎么不来？

曾文彩　（苦痛）我，我，你——

江　泰　我住在你们家里，不是不花钱的。我在外面受了一辈子人家的气，在家里还要受你们曾家人的气么？我要喝就得买，要吃就得做！——谁欺负我，我就找谁！走，（拉着彩的手）找他去！

曾文彩　（拦住他）你要找谁呀？

江　泰　曾皓，你的爹，他对不起我，我要找他算账。

曾文彩　明天，明天。父亲睡了。

江　泰　那么现在叫他滚起来。（走）

曾文彩　（拖住）你别去！

江　泰　你别管！

曾文彩　（忽然灵机一动，回头）啊呀，你看，爹来了！

江　泰　哪儿？

曾文彩　这儿！

　　　　〔彩顺手把江泰又推进自己的卧室内，立刻把门反锁上。

　　　　〔江泰在屋内的声音：（击门）"开门！开门！"

曾文彩　哥哥！（连忙向卧室的门跑）哥哥！

　　　　〔江泰在屋内的声音：（捶门）"开门，开门！"

　　　　〔文彩走到文清卧室门口掀开门帘。

曾文彩　（似乎看见一件最可怕的事情）啊，天，你怎么还抽这个东西呀！

〔文清在屋内的声音：（长叹）"别管我吧，你苦我也苦啊！"

〔江泰在屋内的声音：（大吼叫）"文彩！"（乱捶门）"开门，我要烧房子啦！我要烧房子，我要点火啦，我"——（扑通一声仿佛全身跌倒地上）

曾文彩 （同时一面跑向自己的卧室，一面喊着）天啊，江泰，你醒醒吧，你还没有闹够，你别再吓死我了！（开了门）

〔文彩立刻进了自己的卧室，把门推严，里面只听得江泰低微呻吟的声音。

〔立刻由书斋小门上来曾皓，披着一件薄薄的夹袍，提着灯笼，由愫方扶掖着，颤巍巍地打着寒战。

曾　皓 （慌张地）出了什么事？什么事？（低声对愫）你，你让我看看是谁，是谁在吵。你快去给我拿棉袍来。

〔愫方由书斋小门下。江泰还在屋内低微地呻吟。突然门内文清一声长叹，皓瞥见他卧室的灯光，悄悄走到他的门前，掀开帘子望去。

〔文清在屋内的声音：（喑哑）"谁？"

曾　皓 谁！（不可想象的打击）你！没走？

〔文清吓晕了头，昏沉沉地竟然拿着烟枪走出来。

曾　皓 （退后）你怎么又，又——

曾文清 （低头）爸，我——

曾　皓 （惊愕得说不出一句话，摇摇晃晃，向文身边走来，文清吓得后退。逼到八仙桌旁，皓突然对文清跪下，痛心地）我给你跪下，你是父亲，我是儿子。我请你再不要抽，我给你磕响头，求你不——（一壁要叩下去）

曾文清 （突然意识到自己的罪恶，扔下烟枪）妈呀！

〔文清推开大客厅的门扇跑出，同时曾皓突然中了痰厥，瘫在沙发近旁。

〔同时愫方由书斋小门拿着棉袍忙上。

愫　方 （惊吓）姨父！姨父！（扶他靠在沙发上）姨父，你怎么了？姨父！你醒醒！姨父！

曾　皓 （睁开一半眼，细弱地）他，他走了么？

愫　方 （颤抖）走了。

曾　皓 （咬紧了牙）这种儿子怎么不（顿足）死啊！不（顿足）死啊！（想立起，舌头忽然有些弹）我舌头——麻——你——

愫　方 （颤声）姨父，你坐下，我拿参汤去，姨父！

〔皓口张目瞪，不能应声，愫慌忙由书斋小门跑下。

〔文彩在屋内的声音：（哭泣）"江泰！江泰！"

〔江泰在屋内的声音：（大吼）"滚开呀，你！"

〔文彩在屋内的声音："江泰！"

〔江泰猛然打开门，回身就把门反锁上。

〔文彩在屋内的声音："你开门，开门！"

江　泰 （在烛光摇曳中看见了曾皓坐在那里像入了定，江泰愤愤地）啊，你在这儿打坐呢！

曾　皓 （目瞪口张）

江　泰　你用不着这么斜眼看我，我明天一定走了，一定走了，我再不走运，养自己一个老婆总还养得起！（怨愤）可走以前，你得算账，算账。

〔文彩在屋内的声音：（急喊）"开门！开门！你在跟谁说话？江泰！"（捶门）"开门，江泰，开门！"（一直在江泰说话的间隔中喊着）

江　泰　你欠了我的，你得还！我一直没说过你，不能再装聋卖傻，我为了你才丢了我的官，为了你才亏了款。人家现在通缉我。我背了坏名声，我一辈子出不了头，这是你欠我这一笔债。你得还，你不能不理！你得还，你得给，你得再给我一个出头日子。你不能再这样不言语，那我可——喂（大声）你看清楚没有，我叫江泰！叫江泰！认清楚！你的女婿！你欠了我的债，曾皓，曾皓，你听见没有？

〔文彩在屋内的声音：（吓住）"开门，开门！（一直大叫）爹！爹！别理他，他说胡话，他疯了。爹！爹！爹呀！开门，江泰，（夹在江泰的说话当中）开门，爹！爹！"

江　泰　曾皓，你给不给，你究竟还不还？我知道你有的是存款，金子，银子，股票，地契。（忽然恳切地）哦，借给我三千块钱，就三千，我做了生意，我一定要还你，还给你利息，还给你本，你听见了没有？我要加倍还给你，江泰在跟你说话，曾老太爷，你留着那么多死钱干什么？你老了，你岁数不小了。你的棺材都预备好了，漆都漆了几百遍了，你——

〔文彩在屋内的声音：（同时捶门）"开门！开门！"

〔思懿拿着曾皓方才拿出过的红面存折，气愤愤地由书
斋小门急上，望了望曾皓，就走到文彩的卧室前开门。

江　泰　（并未察觉有人进来，冷静地望着曾皓，低声厌恶地）
你笑什么？你对我笑什么？（突然凶猛地）你怎么还不
死啊？还不死啊？（疯了似的走到曾皓前面，推摇那已
经昏厥过去的老人的肩膀）

〔彩满面泪痕，蓦地由卧室跑出来。

曾文彩　（拖着江泰力竭声嘶地）你这个鬼！你这个鬼！

江　泰　（一面被文彩向自己的卧室拉，一面依然激动地嚷着）
你放开我，放开我，我要杀人，我杀了他，再杀我自
己呀。

〔文彩终于把江泰拖入房内，门霍地关上。愫方捧着一
碗参汤由书斋小门急上。思仍然阴沉沉地立在那里。

愫　方　（喂皓参汤）姨父，姨父，喝一点！姨父！

〔霆由书斋小门跑上。

曾　霆　怎么了？

愫　方　（喂不进去）爷爷不好了，赶快打电话找罗太医。

曾　霆　怎么？

愫　方　中了风，姨父！姨父！

〔霆由大客厅门跑下，同时陈奶妈仓皇由书斋小门上，
一边还穿着衣服。

陈奶妈　（颤抖地）怎么啦老爷子？老爷子怎么啦？

愫　方　（急促地）你扶着他的头，我来灌。

〔老人喉里的痰涌上来。

陈奶妈　（扶着他）不成了，痰涌上来了。——牙关咬得紧，灌不下。

愫　方　姨父！姨父！

〔文清由大客厅门上。

曾文清　（步到老人的面前，愧痛地连叫着）爹！爹！我错了，我错了。

〔文彩由自己的卧室跑出来。

曾文彩　（抱着老人的腿）爹！爹！我的爹！

愫　方　姨父！姨父！

陈奶妈　老爷子！老爷子！

曾思懿　（突然）别再吵了，别等医生来，送医院去吧。

愫　方　（昂首）姨父不愿意送医院的。

曾思懿　（对陈奶妈）叫人来！

〔陈由大客厅门下。

曾文彩　（立刻匆促地）我到隔壁杜家借汽车去。

〔彩由大客厅跑下。

愫　方　姨父！姨父！

曾文清　（哽咽）怎么了？（"怎么办？"的意思）怎么了？

曾思懿　哼，怎么了？（气愤地）你看，（把手里曾皓的红面存折摔在他的跟前）这怎么了？

〔陈奶妈带着张顺由大客厅门上。大客厅的尽头燃起灯光，雪白的隔扇的纸幕突然又现出一个正在行动的巨

026

大猿人的影子，沉重地由远而近，对观众方向走来。

曾思懿　（指张顺）只有他？

陈奶妈　还有。

〔门倏地打开，浑身生长凶猛的黑毛的"北京人"像一座小山压在人的面前，赤着脚沉甸甸地走进来，后面跟着曾霆。

曾思懿　（对张顺）立刻抬到汽车上。

〔张顺对"北京人"做做手势，"北京人"对他看了一眼就要抱起曾皓。

愫　方　（忽然一把拉着曾皓）不能进医院，姨父眼看着就不成了。（老人说不出话，眼睛苦痛地望着）

〔"北京人"望着愫方停住手。

曾思懿　（拉开愫方，对张顺）抬！（张顺就要动手——）

〔"北京人"轻轻推开张顺，一个人像抱起一只老羊似的把曾皓举起，向大客厅走。

曾　霆　（哭起）爷！爷！

曾思懿　别哭了。

曾文清　（跟在后面）爹，我，我错了。

〔"北京人"走到门槛上。老人的苍白的手忽然紧紧抓着那门扇，坚不肯放。

曾　霆　（回头）走不了，爷爷的手抓着门不放。

曾思懿　用劲抬！（张顺连忙走上前去）

愫　方　（心痛地）他不肯离开家呀。（大家又在犹疑）

曾思懿　救人要紧，快抬！听我的话还是听她的话，抬！

〔张顺推着"北京人"硬向前走。

愫　方　他的手！他的手！

曾思懿　（对霆）把手掰开。

曾　霆　我怕。

曾思懿　笨，我来！

曾文清　爹。

曾　霆　（恐惧）妈，爷爷的手，手！

　　　　〔思强自掰开他的手。

曾文清　（愤极对思）你这个鬼！你把父亲的手都弄出血来了。

曾思懿　抬！（低声，狠恶地）房子要卖，你愿意人死在家里？

　　　　〔大家随着"北京人"由大客厅门走出，只有文清留在
　　　　后面。

　　　　〔木梆声。

　　　　〔隔壁醉人一声苦闷的呻吟。

　　　　〔苍凉的"硬面饽饽"声。

　　　　〔文清进屋立刻走出。他拿着一件旧外衣和一个破帽
　　　　子，臂里夹一轴画，长叹一声，缓缓地由通大客厅的
　　　　门走出，顺手把门掩上。

　　　　〔暗风挟着秋雨吹入，门又悄悄自启，四壁烛影憧憧，
　　　　墙上的画轴也被刮起来飒飒地响着。

　　　　〔远远一两声凄凉的更锣。

——幕徐落

棺　材

〔江泰嗒然由书斋小门上。

江　泰　（忘记了方才的气焰，像在黄梅天，背上沾湿了雨一
　　　　般，说不出的又是丧气，又是恼怒，又是悲哀的神色，
　　　　连连地摇着头）没办法！没办法！真是没办法！这么
　　　　大的一所房子，走东到西，没有一块暖和的地方。到
　　　　今儿个还不生火，脚冻得要死。你那位令嫂就懂得弄
　　　　钱，你的父亲就知道他的棺材。我真不明白这样活着
　　　　有什么意义，有什么意义？

曾文彩　别埋怨了，怎么样日子总是要过的。

江　泰　闷极了我也要革命！（从似乎是开玩笑又似乎是发脾气
　　　　的口气而逐渐激愤地喊起来）我也反抗，我也打倒，
　　　　我也要学瑞贞那孩子交些革命党朋友，反抗，打倒，
　　　　打倒，反抗！都滚他妈的蛋，革他妈的命！把一切都
　　　　给他一个推翻！而，而，而——（突然摸着了自己的
　　　　口袋，不觉挖苦挖苦自己，惨笑出来）我这口袋里就
　　　　剩下一块钱——（摸摸又眨眨眼）不，连一块钱也没
　　　　有，——（翻眼想想，低声）看了相！

曾文彩　江泰，你这——

江　泰　（忽然悲伤，"如丧考妣"的样子，长叹一声）要是我

能发明一种像"万金油"似的药多好啊！多好啊！

曾文彩 （哀切地）泰，不要再这样胡思乱想，顺嘴里扯，你这样会弄成神经病的。

江　泰 （像没听见她的话，蓦地又提起神）文彩，我告诉你，今天早上我逛市场，又看了一个相，那个看相的也说我现在正交鼻运，要发财，连夸我的鼻子生得好，饱满，藏财。（十分认真地）我刚才照照我的鼻子，倒是生得不错！（直怕文彩驳斥）看相大概是有点道理，不然怎么我从前的事都说的挺灵呢？

曾文彩 那你也该出去找朋友啊！

江　泰 （有些自信）嗯！我一定要找，我要找我那些阔同学。（仿佛用话来唤起自己的行动的勇气）我就要找，一会儿我就去找！我大概是要走运了。

曾文彩 （鼓励地）江泰，只要你肯动一动你的腿，你不会不发达的。

江　泰 （不觉高兴起来）真的吗？（突然）文彩，我刚才到上房看你爹去了。

曾文彩 （也提起高兴）他，他老人家跟你说什么？

江　泰 （黠巧地）这可不怪我，他不在屋。

曾文彩 他又出屋了？

江　泰 嗯，不知道他——

　　〔陈奶妈由书斋小门上。

陈奶妈 （有些惶惶）姑小姐，你去看看去吧。

曾文彩 怎么？

陈奶妈　　唉！老爷子一个人拄着个棍儿又到厢房看他的寿木去了。

曾文彩　　哦——

陈奶妈　　（哀痛地）老爷子一个人站在那儿，直对着那棺材流眼
　　　　　泪……

江　泰　　愫小姐呢？

陈奶妈　　大概给大奶奶在厨房蒸什么汤呢。——姑小姐，那棺
　　　　　材再也给不得杜家，您先去劝劝老爷子去吧。

曾文彩　　（泫然）可怜爹，我，我去——（向书房走）

江　泰　　（讥诮地）别，文彩，你先去劝劝你那好嫂子吧。

曾文彩　　（一本正经）她正在跟杜家人商量着推呢。

江　泰　　哼，她正在跟杜家商量着送呢。你叫她发点良心，别
　　　　　尽想把押给杜家的房子留下来，等她一个人日后卖好
　　　　　价钱，你父亲的棺材就送不出去了。记着，你父亲今
　　　　　天出院的医药费都是人家愫小姐拿出来的钱。你嫂子
　　　　　一个人躲在屋子里吃鸡，当着人装穷，就知道卖嘴，
　　　　　你忘了你爹那天进医院以前她咬你爹那一口啦，哼，
　　　　　你们这位令嫂啊，——

　　　　　〔思懿由书斋小门上。

陈奶妈　　（听见足步声，回头一望，不觉低声）大奶奶来了。

江　泰　　（默然，走在一旁）

　　　　　〔思懿面色阴暗，蹙着眉头，故意显得十分为难又十分哀
　　　　　痛的样子。她穿件咖啡色起黑花的长袖绒旗袍，靠胳臂肘
　　　　　的地方有些磨光了，领子上的纽扣没扣，青礼服呢鞋。

曾文彩　　（怯弱地）怎么样，大嫂？

曾思懿　（默默地走向沙发那边去）

　　　　　〔半晌。

陈奶妈　（关切又胆怯地）杜家人到底肯不肯？

曾思懿　（仍默然坐在沙发上）

曾文彩　大嫂，杜家人——

曾思懿　（猛然扑在沙发的扶手上，有声有调地哭起来）文清，你跑到哪儿去了？文清，你跑了，扔下这一大家子，叫我一个人撑，我怎么办得了啊？你在家，我还有个商量，你不在家，碰见这种难人的事，我一个妇道还有什么主意哟！

　　　　　〔江泰冷冷地站在一旁望着她。

陈奶妈　（受了感动）大奶奶，您说人家究竟肯不肯缓期呀？

曾思懿　（鼻涕眼泪抹着，抽咽着，数落着）你们想，人家杜家开纱厂的！鬼灵精！到了我们家这个时候，"墙倒众人推"，还会肯吗？他们看透了这家里没有一个男人，（江泰鼻孔哼了一声）老的老，小的小，他们不趁火打劫，逼得你非答应不可，怎么会死心啊？

曾文彩　（绝望地）这么说，他们还是非要爹的寿木不可？

曾思懿　（直拿手帕擦着红肿的眼，依然抽动着肩膀）你叫我有什么法子？钱，钱我们拿不出；房子，房子我们要住；一大家子的人张着嘴要吃。那寿木，杜家老太爷想了多少年，如今非要不可，非要——

江　泰　（靠着自己卧室的门框，冷言冷语地）那就送给他们得啦。

032

陈奶妈　（惊愕）啊，送给他们？

曾思懿　（不理江泰）并且人家今天就要——

曾文彩　（倒吸一口气）今天？

曾思懿　嗯，他们说杜家老太爷病得眼看着就要断气，立了遗
　　　　嘱，点明——

江　泰　（替她说）要曾家老太爷的棺材！

曾文彩　（立刻）那爹怎么会肯？

陈奶妈　（插嘴）就是肯，谁能去跟老爷子说？

曾文彩　（紧接）并且爹刚从医院回来。

陈奶妈　（插进）今天又是老爷子的生日，——

曾思懿　（突然又号起来）我，我就是说啊！文清，你跑到哪儿
　　　　去了？到了这个时候，叫我怎么办啊？我这公公也要
　　　　顾，家里的生活也要管，我现在是"忠孝不能两全"。
　　　　文清，你叫我怎么办哪！

　　　　〔在大奶奶的哭号声中，书斋的小门打开。曾皓拄着拐
　　　　杖，巍巍然地走进来。他穿着藏青"线春"的丝绵袍
　　　　子，上面罩件黑呢马褂，黑毡鞋。面色黄枯，形容惨
　　　　沮，但在他走路的样子看来，似乎已经恢复了健康。
　　　　他尽量保持自己仅余那点尊严，从眼里看得出他在绝
　　　　望中再做最后一次挣扎，然而他又多么厌恶眼前这一
　　　　帮人。

　　　　〔大家回过头都立起来。江泰一看见，就偷偷沿墙溜进
　　　　自己的屋里。

曾文彩　爹！（跑过去扶他）

曾　皓　（以手挥开，极力提起虚弱的嗓音）不要扶，让我自己
　　　　走。（走向沙发）

曾思懿　（殷殷勤勤）爹，我还是扶您回屋躺着吧。

曾　皓　（坐在沙发上，对大家）坐下吧，都不要客气了。（四
　　　　面望望）江泰呢？

曾文彩　他，——（忽然想起）他在屋里，（惭愧地）等着爹，
　　　　给爹赔不是呢。

曾　皓　老大还没有信息么？

曾思懿　（惨凄凄地）有人说在济南街上碰见他，又有人说在天
　　　　津一个小客栈看见他——

曾文彩　哪里都找到了，也找不到一点影子。

曾　皓　那就不要找了吧。

曾文彩　（打起精神，安慰老人家）哥哥这次实在是后悔啦，所
　　　　以这次在外面一定要创一番事业才——

曾　皓　（摇首）"知子莫若父"，他没有志气，早晚他还是
　　　　会——（似乎不愿再提起他，忽然对彩）你叫江泰进
　　　　来吧。

曾文彩　（走了一步，中心愧怍，不觉转身又向着父亲）爹，
　　　　我，我们真没脸见爹，真是没——

曾　皓　唉，去叫他，不用说这些了。（对思）你也把霆儿跟瑞
　　　　贞叫进来。

　　　　〔彩至卧室前叫唤。思由书斋门走下。

曾文彩　江泰！江——

　　　　〔江泰立刻悄悄溜出来。

江　泰　（出门就看见曾皓正在望着他，不觉有些惭愧）爹，

　　　　您，您——

曾　皓　（挥挥手）坐下，坐下吧，（江坐，皓对奶妈关心地）

　　　　你告诉愫小姐，刚从医院回来，别去厨房再辛苦啦，

　　　　歇一会去吧。

　　　　〔陈奶妈由通大客厅的门下。

曾文彩　（一直在望着江泰示意，一等陈奶妈转了身，低声）你

　　　　还不站起来给爹赔个罪！

江　泰　（似立非立）我，我——

曾　皓　（摇手）过去的事不提了，不提了。

　　　　〔江又坐下。静默中，思懿领着霆儿与瑞贞由书斋小门

　　　　上。瑞贞穿着一件灰底子小红花的布夹袍，霆儿的袍

　　　　子上罩一件蓝布大褂。

曾　皓　（指指椅子，他们都依次坐下，除了瑞贞立在文彩的背

　　　　后。皓哀伤地望了望）现在坐中大概就缺少老大，我

　　　　们曾家的人都在这儿了。（望望屋子，微微咳了一下）

　　　　这房子是从你们的太爷爷敬德公传下来的，我们累代

　　　　是书香门第，父慈子孝，没有叫人说过一句闲话。现

　　　　在我们家里出了我这种不孝的子孙——

曾思懿　（有些难过）爹！——

　　　　〔大家肃然相望，又低下头。

曾　皓　败坏了曾家的门庭，教出一群不明事理，不肯上进，

　　　　不知孝顺，连守成都做不到的儿女——

江　泰　（开始有些烦恶）

曾文彩 （抬起头来惭愧地）爹，爹，您——

曾　皓 这是我对不起我的祖宗，我没有面目再见我们的祖先
　　　　敬德公！（咳嗽，瑞贞走过来捶背）

江　泰 （不耐，转身连连摇头，又唉声叹息起来，嘟哝着）
　　　　哎，哎，真是这时候还演什么戏！演什么戏！

曾文彩 （低声）你又发疯了！

曾　皓 （徐徐推开瑞贞）不要管我。（转对大家）我不责备你
　　　　们，责也无用。（满面绝望可怜的神色，而声调是恨恨
　　　　的）都是一群废物，一群能说会道的废物。（忽然来了
　　　　一阵勇气）江泰，你，你也是！——
　　　　〔江似乎略有表示。

曾文彩 （怕他发作）泰！
　　　　〔江默然，又不作声。

曾　皓 （一半是责备，一半是发牢骚）成天地想发财，成天地
　　　　做梦，不懂得一点人情世故，同老大一样，白读书，
　　　　不知什么害了你们，都是一对——（不觉大咳，自己
　　　　捶了两下）

曾文彩 唉，唉！

江　泰 （只好无奈何地连连出声）这又何必呢，这又何必呢！

曾　皓 思懿，你是有儿女的人，已经做了两年的婆婆，并且
　　　　都要当祖母啦，（强压自己的愤怒）我不说你。错误也
　　　　是我种的根，错也不自今日始。（自己愈说愈凄惨）将
　　　　来房子卖了以后，你们尽管把我当作死了一样，这家
　　　　里没有我这个人，我，我——（泫然欲泣）

曾文彩　（忍不住大哭）爹，爹——

曾思懿　（早已变了颜色）爹，我不明白爹的话。

曾　皓　（没有想到）你，你，——

曾文彩　（愤极）大嫂，你太欺侮爹了。

曾思懿　（反问）谁欺侮了爹？

曾文彩　（老实人也逼得出了声）一个人不能这么没良心。

曾思懿　谁没良心？谁没良心？天上有雷，眼前有爹！妹妹，
　　　　我问你，谁？谁？

曾　霆　（同时苦痛地）妈！

曾文彩　（被她的气势所夺，气得发抖）你，你逼得爹没有一点
　　　　路可走了。

江　泰　（无可奈何地）不要吵了，小姑子，嫂嫂们。

曾文彩　你逼得爹连他老人家的寿木都要抢去卖，你逼
　　　　得爹——

曾　皓　（止住她）文彩！

曾思懿　（讥诮地）对了，是我逼他老人家，吃他老人家，（说
　　　　说立起来）喝他老人家，成天在他老人家家里吃闲饭，
　　　　一住就是四年，还带着自己的姑爷——

曾　霆　（在旁一直随身劝阻，异常着急）妈，您别，——妈
　　　　您——妈——

江　泰　（也突然冒了火）你放屁！我给了钱！

曾　皓　（急喘，镇止他们）不要喊了！

曾思懿　（同时）你给了钱？哼，你才——

曾　皓　（在一片吵声中，顿足怒喊）思懿，别再吵！（突然一

变几乎是哀号）我，我就要死了！

〔大家顿时安静，只听见思懿哀哀低泣。

〔天开始暗下来，在肃静的空气中愫方由大客厅门上。她穿着深米色的哔叽夹袍，面庞较一个月前略瘦，因而她的眼睛更显得大而有光彩，我们可以看得出在那里面含着无限镇静，和平与坚定的神色。她右手持一盏洋油灯，左臂抱着两轴画。看见她进来，瑞贞连忙走近，替她接下手里的灯，同时低声仿佛在她耳旁微微说了一句话。愫方默默颔首，不觉悲哀地望望眼前那几张沉肃的脸，就把两轴画放进那只瓷缸里，又回身匆忙地由书斋门下。瑞贞一直望着她。

曾　皓　（叹息）你们这一群废物啊！到现在还有什么可吵的？

曾瑞贞　爷爷，回屋歇歇吧？

曾　皓　（感动地）看看瑞贞同霆儿还有什么脸吵？（慨然）别再说啦，住在一起也没有几天了。思懿，你，你去跟杜家的管事说，说叫，——（有些困难）叫他们把那寿木抬走，先，先（凄惨地）留下我们这所房子吧。

曾文彩　爹！

曾　皓　杜家的意思刚才愫方都跟我说了！

曾文彩　哪个叫愫表妹对您说的？

曾思懿　（挺起来）我！

曾　皓　不要再计较这些事情啦！

江　泰　（迟疑）那么您，还是送给他们？

曾　皓　（点头）

曾思懿　（不好开口，却终于说出）可杜家人说今天就要。

曾　皓　好，好，随他们，让它给有福气的人睡去吧。（思就想出去说，不料皓回首对江）江泰，你叫他们赶快抬，现在就抬！（无限的哀痛）我，我不想明天再看见这晦气的东西！

〔曾皓低头不语，思只好停住脚。

江　泰　（怜悯之心油然而生）爹！（走了两步又停住）

曾　皓　去吧，去说去吧！

江　泰　（蓦然回头，走到皓的面前，非常善意地）爹，这有什么可难过的呢？人死就死了，睡个漆了几百道的棺材又怎么样呢？（原是语调里带着同情而又安慰的口气，但逐渐忘形，改了腔调，又按他一向的习惯，对着曾皓，滔滔不绝地说起来）这种事您就没有看通，譬如说，您今天死啦，睡了就漆一道的棺材，又有什么关系呢？

曾文彩　（知道他的话又来了）江泰！

江　泰　（回头对彩，嫌厌地）你别吵！（又转脸对皓，和颜悦色，十分认真地劝解）那么您死啦，没有棺材睡又有什么关系呢？（指着点着）这都是一种习惯！一种看法！（说得逐渐高兴，渐次忘记了原来同情与安慰的善意，手舞足蹈地对着曾皓开了讲）譬如说，（坐在沙发上）我这么坐着好看，（灵机一动）那么，这么（忽然把条腿翘在椅背上）坐着，就不好看么？（对思）那么，大嫂，（陶醉在自己的言辞里，像喝得微醺之后，

039

几乎忘记方才的龃龉）我这是比方啊！（指着）你穿衣服好看，你不穿衣服，就不好看么？

曾思懿　姑老爷！

江　泰　（继续不断）这都未见得，未见得！这不过是一种看法！一种习惯！

曾　皓　（插嘴）江泰！

江　泰　（不容人插嘴，流水似的接下去）那么譬如我吧，（坐下）我死了，（回头对文彩，不知他是玩笑，还是认真）你就给我火葬，烧完啦，连骨头末都要扔在海里，再给它一个水葬！痛痛快快来一个死无葬身之地！（仿佛在堂上讲课一般）这不过也是一种看法，这也可以成为一种习惯，那么，爹，您今天——

曾　皓　（再也忍不住，高声拦住他）江泰！你自己愿意怎么死，怎么葬，都任凭尊便。（苦涩地）我大病刚好，今天也还算是过生日，这些话现在大可不必……

江　泰　（依然和平地，并不以为忤）好，好，好，您不赞成！无所谓，无所谓！人各有志！……其实我早知道我的话多余，我刚才说着的时候，心里就念叨着，"别说啊！别说啊！"（抱歉地）可我的嘴总不由得——

曾思懿　（一直似乎在悲戚着）那姑老爷，就此打住吧。（立起）那么爹，我，我（不忍说出的样子，擦擦自己的眼角）就照您的吩咐跟杜家人说吧？

曾　皓　（绝望）好，也只有这一条路了。

曾思懿　唉！（走了两步）

曾文彩　（痛心）爹呀！

江　泰　（忽然立起）别，你们等等，一定等等。

　　　　〔江泰三脚两步跑进自己的卧室。思也停住了脚。

曾　皓　（莫明其妙）这又是怎么？

　　　　〔张顺由通大客厅大门上。

张　顺　杜家又来人说，阴阳生看好那寿木要在今天下半夜，

　　　　寅时以前，抬进杜公馆，他们问大奶奶……

曾文彩　你……

　　　　〔江泰拿着一顶破呢帽提着手杖匆匆地走出来。

江　泰　（对张，兴高采烈）你叫他们杜家那一批混账王八蛋再

　　　　在客厅等一下，你就说钱就来，我们老太爷的寿木要

　　　　留在家里当劈柴烧呢！

曾文彩　你怎么……

江　泰　（对皓，热烈地）爹，您等一下，我找一个朋友去。

　　　　（对彩）常鼎斋现在当了公安局长，找他一定有办法。

　　　　（对皓，非常有把握地）这个老朋友跟我最好，这点

　　　　小事一定不成问题。（有条有理）第一，他可以立刻

　　　　找杜家交涉，叫他们以后不准再在此地无理取闹。第

　　　　二，万一杜家不听调度，临时跟他通融（轻蔑的口

　　　　气）这几个大钱也决无问题，决无问题。

曾文彩　（几乎不相信自己的耳朵）泰，真的可以？

江　泰　（敲敲手杖）自然自然，那么，爹，我走啦。（对思，

　　　　扬扬手）大嫂，说在头里，我担保，准成！（提步就

　　　　走）

曾思懿　（一阵风暴使她也有些昏眩）那么爹，这件事……

曾文彩　（欣喜）爹……

　　　　〔江跨进通大客厅的门槛一步，又匆匆回来。

江　泰　（对彩，匆忙地把手一伸）我身上没钱。

曾文彩　（连忙由衣袋里拿出一小卷钞票）这里！

江　泰　（一看）三十！

　　　　〔江由通大客厅的门走出。

曾　皓　（被他撩得头昏眼花，现在才喘出一口气）江泰这个东西是怎么回事？

曾文彩　（一直是崇拜着丈夫的，现在唯恐人不相信，于是极力对皓）爹，您放心吧，他平时不怎么乱说话的。他现在说有办法，就一定有办法。

曾　皓　（将信将疑）哦！

曾思懿　（管不住）哼，我看他……（忽然又制止了自己，转对曾皓，不自然地笑着）那么也好，爹，这棺木的事……

曾　皓　（像是得了一点希望的安慰似的，那样叹息一声）也好吧，"死马当作活马医"，就照他的意思办吧。

张　顺　（不觉也有些喜色）那么，大奶奶，我就对他们……

曾思懿　（半天在抑压着自己的愠怒，现在不免颜色难看，恶声恶气地）去！要你去干什么！

　　　　〔思懿有些气汹汹地向大客厅快步走去。

曾　皓　（追说）思懿，还是要和和气气对杜家人说话，请他们无论如何，等一等。

曾思懿　嗯！

〔思懿由通大客厅的门下，张顺随着出去。

曾文彩　（满脸欣喜的笑容）瑞贞，你看你姑父有点疯魔吧，他
　　　　到了这个时候才……

曾瑞贞　（心里有事，随声应）嗯，姑姑。

曾　皓　（又燃起希望，紧接着彩的话）唉！只要把那寿木
　　　　留下来就好了！（不觉回顾）霆儿，你看这件事有
　　　　望么？

曾　霆　（也随声答应）有，爷爷。

曾　皓　（点头）但愿家运从此就转一转，——嗯，都说不定的
　　　　哟！（想立起，瑞贞过来扶）你现在身体好吧？

曾瑞贞　好，爷爷。

曾　皓　（立起，望瑞，感慨地）你也是快当母亲的人喽！

　　　　〔文彩示意，叫霆儿也过来扶祖父，霆默默过来。

曾　皓　（望着孙儿和孙儿媳妇，忽然抱起无穷的希望）我瞧你
　　　　们这一对小夫妻总算相得的，将来看你们两个撑起这
　　　　个门户吧。

曾文彩　（对霆示意，叫他应声）霆儿！

曾　霆　（又应声，望望瑞贞）是，爷爷。

曾　皓　（对着曾家第三代人，期望的口气）这次棺木保住了，
　　　　房子也不要卖，明年开了春，我为你们再出门跑跑看，
　　　　为着你们的儿女我再当一次牛马！（用手帕擦着眼角）
　　　　唉，只要祖先保佑我身体好，你们诚心诚意地为我祷
　　　　告吧！（向书斋走）

曾文彩　（过来扶着曾皓，助着兴会）是啊，明年开了春，爹身
　　　　体也好了，瑞贞也把重孙子给您生下来，哥哥也……

　　　　〔书斋小门打开，门前现出愫方。她像是刚刚插完了
　　　　花，水淋淋的手还拿着两朵插剩下的菊花。

愫　方　（一只手轻轻掠开掉在脸前的头发，温和地）回屋歇歇
　　　　吧，姨父，您的房间收拾好啦。

曾　皓　（快慰地）好，好！（一面对文彩点头应声，一面向外
　　　　走）是啊，等明年开了春吧！……瑞贞，明年开了春，
　　　　明年……

选自《曹禺文集》（第二卷）

中国戏剧出版社 1988 年版

作家的话 ◈

　　创作总是有现实生活依据的；但是，它又不是简单地按照现实
那个样子去写。创作也是复杂的，这其中有着许多似乎说不清楚的
因素在起作用。当你写作的时候，真是"寂然凝虑，思接千载；悄
焉动容，视通万里"，那些生活的印象、人物、场景、细节等等都汇
入你的脑海之中，在化合，在融铸，在变化，是在创造新的形象、
新的场景、新的意境。

　　我写《北京人》时，记忆不仅把我带到我的青年时代，而且带
回到我的孩提时代。那是非常奇怪的，不知怎么回事，那些童年的
记忆就闯入我的构思之中……

　　我曾说过，我喜爱契诃夫的戏剧，受过契诃夫的影响。《日
出》还不能说有契诃夫的影响，《北京人》是否有点味道呢？不敢

说。但我还是我。契诃夫那种寓深邃于平淡之中的戏剧艺术，确曾使我叹服。

《曹禺谈〈北京人〉》

写《北京人》时，我的诅咒比较明确些了。那种封建主义、资产阶级是早晚要进棺材的！他们在争抢着寿木。而这个人世，需要更新的血液和生命。

《曹禺选集》后记

评论家的话 ◈◈

曹禺的艺术风格，从《雷雨》的浓重强烈到《北京人》的清淡幽远，显然有所发展。他在《北京人》中，运用象征手法，明确宣布封建阶级和资产阶级先后都要装进棺材里去，在艺术上更洗练更圆熟，不是"太像戏"而是典型化的生活本身。《北京人》细致地描绘了腐朽霉烂的封建士大夫家庭的衰亡过程，颇有一些现代《红楼梦》和中国《樱桃园》的风味。但是，戏剧作品无论如何清淡幽远，总是不能像抒情诗文一样没有矛盾和冲突，否则，就不能获得舞台生命。《北京人》中曾家的老老小小、男男女女，由于内部矛盾和外部压力，如衣败絮，行荆棘中，几乎谁都没有办法逃掉衰亡的命运。曾皓死抱住棺材不放；曾文清只是"生命的空壳"；曹霆和瑞贞不过是一对小可怜虫；江泰虽然时常"打鸡骂狗"，但是既没有志气又没有出息；愫方寄人篱下，有苦说不出口。所有这些人都屈服在曾思懿的权威和阴谋之下，抬不起头来。而这位卑鄙自私和泼辣狠毒的大奶奶，只能加深内部矛盾，却丝毫不能抵抗外部压力——那"开纱厂的暴发户"杜家并不因为曾家是"世代书香"就不追索债务——以挽救"树倒猢狲散"的颓势。这样看来,《北京人》中的人物,几乎都缺乏主动的力量——瑞贞和愫方受尽委曲,在一切希望都已幻灭之后,方才离开"监牢"似的曾家,走上新的道路。因此,他们每一个人虽然都处在深刻的矛盾之中,但是各种矛盾只能发展到一定程度而又暂时潜伏下来,若断若续、若隐若现,于是形成清淡幽远的风格。

陈瘦竹:《现代剧作家散论》

萧 红

精神的盛举 (《呼兰河传》节选)

萧红，原名张逎莹，笔名悄吟等。1911 年生于黑龙江
呼兰县（今呼兰区）。自幼缺少家庭父母的爱，对"爱"具
有强烈的敏感。19 岁时因反抗包办婚姻而离家出走，开始
流浪生活。1932 年受骗怀孕，被困居哈尔滨，在萧军帮助
下获救，后与萧军志同道合地一起开始文艺创作。1934 年
离开东北去青岛，完成了小说《生死场》的创作，同年去
上海，在鲁迅的帮助下得以出版，受到文坛的注意。1936
年只身东渡日本养病。翌年返回上海。抗战爆发后辗转汉
口、临汾、武汉、重庆等地，与萧军分手后，又与端木蕻良
结婚。1940 年病中创作长篇小说《马伯乐》。同年去香港，
在寂寞中完成长篇小说《呼兰河传》，在小说文体上开拓了
新的叙事空间。1942 年病逝于香港。

《呼兰河传》1941 年由上海杂志公司出版单行本。该书
共七章，由三部分组成。第一、二章记叙呼兰河城的地貌

人情，风俗习性；第三、四章记叙"我"的童年；第五、六、七章描述主人公记忆中的生活于呼兰河山城社会底层的人们。"我"的叙述和回忆成为贯串全篇的主线。作者以含泪的微笑回忆寂寞的小城和寂寞的童年，叙写小城里各式人等的悲欢际遇和生存情状，体现出苍凉的悲剧感。本文选自《呼兰河传》第二章，标题为编者所加。

一

呼兰河除了这些卑琐平凡的实际生活之外，在精神上，也还有不少的盛举，如：

跳大神；

唱秧歌；

放河灯；

野台子戏；

四月十八娘娘庙大会……

先说大神，大神是会治病的，她穿着奇怪的衣裳，那衣裳平常的人不穿，红的，是一张裙子，那裙子一围在她的腰上，她的人就变样了。开初，她并不打鼓，只是一围起那红花裙子就哆嗦。从头到脚，无处不哆嗦，哆嗦了一阵之后，又开始打战。她闭着眼睛，嘴里边噗噗的，每一打战，就装出来要倒的样子。把四边的人都吓得一跳，可是她又坐住了。

大神坐的是凳子，她的对面摆着一块牌位，牌位上贴着红纸，写着黑字。那牌位越旧越好，好显得她一年之中跳神的次数不少，越跳多了就越好，她的信用就远近皆知。她的生意就会兴隆起来。那牌前，点着香，香烟慢慢的旋着。

那女大神多半在香点了一半的时候神就下来了。那神一下来，可就威风不同，好像有万马千军让她领导似的，她全身是劲，她站起来乱跳。

049

大神的旁边，还有一个二神，当二神的都是男人。他并不昏乱，他是清晰如常的，他赶快把一张圆鼓交到大神的手里，大神拿了这鼓，站起来就乱跳，先诉说那附在她身上的神灵的下山的经历，是乘着云，是随着风，或者是驾雾而来，说得非常之雄壮。二神站在一边，大神问他什么，他回答什么。好的二神是对答如流的，坏的二神，一不小心说冲着了大神的一字，大神就要闹起来的。大神一闹起来的话，她也没有别的大法，只是打着鼓，乱骂一阵，说这病人，不出今夜就必得死的，死了之后，还会游魂不散，家庭，亲戚，乡里都要招灾的。这时吓得那请神的人家赶快烧香点酒，烧香点酒之后，若再不行，就得赶快送上红布来，把红布挂在牌位上，若再不行，就得杀鸡，若闹到了杀鸡这个阶段，就多半不能再闹。因为再闹就没有什么想头了。

　　这鸡，这布，一律都归大神所有，跳过了神之后，她把鸡拿回家去自己煮上吃了。把红布用蓝靛染了之后，做起裤子来穿了。

　　有的大神，一上手就百般的下不来神。请神的人家就得赶快的杀鸡来，若一杀慢了，等一会跳到半道就要骂的，谁家请神都是为了治病，让大神骂，是非常不吉利的。所以对大神是非常尊敬的，又非常怕。

　　跳大神，大半是天黑跳起，只要一打起鼓来，就男女老幼，都往这跳神的人家跑，若是夏天，就屋里屋外都挤满了人。还有些女人，拉着孩子，抱着孩子，哭天叫地的从墙头上跳起来，跳过来看跳神的。

　　跳到半夜时分，要送神归山了，那时候，那鼓打得分外的响，大神唱得也分外的好听，邻居左右，十家二十家的人家都听得到，使人听了起着一种悲凉的情绪，二神嘴里唱：

"大仙家回山了，要慢慢的走，要慢慢的行。"

大神说：

"我的二仙家，青龙山，白虎山……夜行三千里，乘着风儿不算难……"

这唱着的词调混合着鼓声，从几十丈远的地方传来，实在是冷森森的，越听就越有悲凉。听了这种鼓声，往往终夜而不能眠的人也有。

请神的人家为了治病，可不知那家的病人好了没有？却使邻居街坊感慨兴叹，终夜而不能已的也常常有。

满天星光，满屋月亮，人生何似，为什么这么悲凉。

过了十天半月的，又是跳神的鼓，当当的响。于是人们又都着了慌。爬墙的爬墙，登门的登门，看看这一家的大神，显的是什么本领，穿的是什么衣裳，听听她唱的是什么腔调，看看她的衣裳漂亮不漂亮。

跳到了夜静时分，又是送神回山。送神回山的鼓，个个都打得漂亮。

若赶上一个下雨的夜，就特别凄凉，寡妇可以落泪，鳏夫就要起来彷徨。

那鼓声就好像故意招惹那般不幸的人，打得有急有慢，好像一个迷路的人在夜里诉说着他的迷惘。又好像不幸的老人在回想着他幸福的短短的幼年，又好像慈爱的母亲送着她的儿子远行，又好像是生离死别，万分的难舍。

人生为了什么，才有这样凄凉的夜。

似乎下回再有打鼓的连听也不要听了。其实不然，鼓一响就又是上墙头的上墙头，侧着耳朵听的侧着耳朵在听。比西洋人赴音乐会更热心。

<h2 style="text-align:center">二</h2>

七月十五盂兰会，呼兰河上放河灯了。

河灯有白菜灯，西瓜灯，还有莲花灯。

和尚，道士吹着笙、管、笛、箫，穿着拼金大红缎子的褊衫。在河沿上打起场子来在做道场。那乐器的声音离开河沿二里路就听到了。

一到了黄昏，天还没有完全黑下来，奔着去看河灯的人就络绎不绝了。小街小巷，那怕终年不出门的人，也要随着人群奔到河沿去。先到了河沿的就蹲在那里。沿着河岸蹲满了人，可是从大街小巷往外出发的人仍是不绝，瞎子、瘸子都来看河灯（这里说错了，唯独瞎子是不来看河灯的），把街道跑得冒了烟了。

姑娘，媳妇，三个一群，两个一伙，一出了大门，不用问，到那里去。就都是看河灯去。

黄昏时候的七月，火烧云刚刚落下去，街道上发着微微的白光。喊喊喳喳把往日的寂静都冲散了，个个街道都活了起来，好像这城里发生了大火，人们都赶去救火的样子。非常忙迫，踢踢踏踏的向前跑。

先跑到了河沿的就蹲那里，后跑到的，也就挤上去蹲在那里。

大家一齐等候着，等候着月亮高起来，河灯就要从上水上放下来了。

七月十五是个鬼节，死了的冤魂怨鬼，不得脱生，缠绵在地狱里边是非常苦的，想要脱生，又找不着路。这一天若是每个鬼托着一个河灯，就可得以脱生。大概从阴间到阳间的这一条路，非常之黑，若没有灯是看不见路的。所以放河灯这件事情是件善举。可见活着的正人君子们，对着那些已死的冤魂冤鬼还没有完全忘记。

但是这其间也有一个矛盾，就是七月十五这夜生的孩子，怕是都不大好，多半都是野鬼托着个莲花灯投生而来的。这个孩子长大了将不被父母所喜欢，长到结婚的年龄，男女两家必要先对过生日时辰，才能够结亲。若是女家生在七月十五，这女子就很难出嫁，必须改了生日，欺骗了男家，若是男家七月十五的生日，也不大好，不过若是财产丰富的，也就没有多大关系，嫁是可以嫁过去的，虽然就是一个恶鬼，有了钱大概怕也不怎样恶了。但在女子这方面可就万万不可，绝对的不可以，若是有钱的寡妇的独养女，又当别论，因为娶了这姑娘可以有一份财产在那里晃来晃去，就是娶了而带不过财产来，先说那一份妆奁也是少不了的。假说女子就是一个恶鬼的化身，但那也不要紧。

平常的人说："有钱能使鬼推磨。"似乎人们相信鬼是假的，有点不十分真。

但是当河灯一放下来的时候，和尚为着庆祝鬼们更生，打着鼓，叮咚的响，念着经，好像紧急符咒似的，表示着，这一工夫可是千金一刻，且莫匆匆的让过，诸位男鬼女鬼，赶快托着灯去投生吧。

念完了经，就吹笙管笛箫，那声音实在好听，远近皆闻。

同时那河灯从上流拥拥挤挤，往下浮来了。浮得很慢，又镇静，又稳当，绝对的看不出来水里边会有鬼们来捉了它们去。

这灯一下来的时候，金忽忽的，亮通通的，又加上有千万人的观众，这举动实在是不小的。河灯之多，有数不过来的数目，大概是几千百只。两岸上的孩子们，拍手叫绝，跳脚欢迎。大人则都看出了神了，一声不响，陶醉在灯光河水之中。灯光照得河水幽幽的发亮。水上跳跃着天空的月亮。真是人生何世，会有这样好的景况。

一直闹到，月亮来到了中天，大卯星，二卯星，三卯星都出齐了的时候，才算渐渐的从繁华的景况，走向了冷静的路去。

河灯从几里路长的上流，流了很久很久才流过来。再流了很久很久才流过去了，在这过程中，有的流到半路就灭了。有的被冲到了岸边，在岸边生了野草的地方就被挂住了。还有每当河灯一流到了下流，就有些孩子拿着竿子去抓它，有些渔船也顺手取了一两只。到后来河灯越来越稀疏了。

到往下流去，就显出荒凉，孤寂的样子来了。因为越流越少了。

流到极远处去的，似乎那里的河水也发了黑。而且是流着流着的就少了一个。

河灯从上流过来的时候，虽然路上也有许多落伍的，也有许多淹灭了的，但始终没有觉得河灯是被鬼们托着走了的感觉。

可是当这河灯，从上流的远处流来，人们满心欢喜的，等流过了自己，也还没有什么。唯独到了最后，那河灯流到了极远的下流去的时候，使看河灯的人们，内心里无由的来了空虚。

"那河灯，到底是要漂到那里去呢？"

多半的人们，看到了这样的景况，就抬起身来离开了河沿回家去了。

于是不但河里冷落，岸上也冷落了起来。

这时再往远处的下流看去，看着，看着，那灯就灭一个。再看着看着，又灭了一个，还有两个一块灭的。于是就真像被鬼一个一个的托着走了。

打过了三更，河沿上一个人也没有了，河里边一个灯也没有了。

河水是寂静如常的，小风把河水皱着极细的波浪。月光在河水上边并不像在海水上边闪着一片一片的金光，而是月亮落到河底里去了。似乎那渔船上的人，伸手可以把月亮拿到船上来似的。

河的南岸，尽是柳条丛，河的北岸就是呼兰河城。

那看河灯回去的人们，也许都睡着了。不过月亮还是在河上照着。

三

野台子戏也是在河边上唱的。也许秋天，比方这一年秋收好，就要唱一台子戏，感谢天地。若是夏天大旱，人们戴起柳条圈来求雨，在街上几十人，跑了几天，唱着，打着鼓。求雨的人不准穿鞋，龙王爷可怜他们在太阳下边把脚烫得很痛，就因此下了雨了。一下了雨，到秋天就得唱戏的，因为求雨的时候许下了愿。许愿就得还愿，若是还愿的戏就更非唱不可了。

一唱就是三天。

在河岸的沙滩上搭起了台子来。这台子是用竿子绑起来的，上边搭上了席棚，下了一点小雨也不要紧，太阳则完全可以遮住的。

戏台搭好了之后，两边就搭看台。看台还有楼座。坐在那楼座上是很好的，又风凉，又可以远眺。不过，楼座是不大容易坐得到的，除非当地的官、绅，别人是不大坐得到的，既不卖票，那怕你就是有钱，也没有办法。

只搭戏台，就搭三五天。

台子的架一竖起来，城里的人就说：

"戏台竖起架子来了。"

一上了棚，人就说：

"戏台上棚了。"

戏台搭完了就搭看台，看台是顺着戏台的左边搭一排，右边搭一排，所以是两排平行而相对的。一搭要搭出十几丈远去。

眼看台子就要搭好了，这时候，接亲戚的接亲戚，唤朋友的唤朋友。

比方嫁了的女儿，回来住娘家，临走（回婆家）的时候，做母亲的送到大门外，摆着手还说：

"秋天唱戏的时候，接你回来看戏。"

坐着女儿的车子走远了，母亲含着眼泪还说：

"看戏的时候接你回来。"

所以一到了唱戏的时候，可并不是简单的看戏，而是接姑娘唤女婿，热闹得很。

东家的女儿长大了，西家的男孩子也该成亲了，说媒的这个时候，就走上门来。约定两家的父母在戏台底下，第一天或是第二天，彼此相看，也有只通知男家而不通知女家的，这叫作"偷看"，这样的看法，成与不成，没有关系，比较的自由，反正那家的姑娘也不知道。

所以看戏去的姑娘，个个都打扮得漂亮。都穿了新衣裳，擦了胭脂涂了粉，刘海剪得并排齐。头辫梳得一丝不乱，扎了红辫根，绿辫梢。也有扎了水红的，也有扎了蛋青的。走起路来像客人，吃起瓜子来，头不歪眼不斜的，温文尔雅，都变成了大家闺秀。有的着蛋青色布长衫，有的穿了藕荷色的，有的银灰的。有的还把衣服的边上压了条，有的蛋青色的衣裳压了黑条，有的水红洋纱的衣裳压了蓝条，脚上穿了蓝缎鞋，或是黑缎绣花鞋。

鞋上有的绣着蝴蝶，有的绣着蜻蜓，绣着莲花的，绣着牡丹的，各样的都有。

手里边拿着花手巾，耳朵上戴了长钳子，土名叫作"带穗钳子"。这带穗钳子有两种，一种是金的，翠的。一种是铜的，琉璃的。有钱一点的戴金的，稍微差一点的带琉璃的。反正都很好看，在耳朵上摇来晃去。黄忽忽，绿森森的。再加上满脸矜持的微笑，真不知这都是谁家的闺秀。

那些已嫁的妇女，也是照样的打扮起来，在戏台下边，东邻西舍的姊妹们相遇了，好互相的品评。

谁的模样俊，谁的鬓角黑。谁的手镯是福泰银楼的新花样，谁的压头簪又小巧又玲珑。谁的一双绛紫缎鞋，真是绣得漂亮。

老太太虽然不穿什么带颜色的衣裳，但也个个整齐，人人利落，手拿长烟袋，头上撇着大扁方。慈祥，温静。

戏还没有开台，呼兰河城就热闹不得了了，接姑娘的，唤女婿的，有一个很好的童谣：

"拉大锯，扯大锯，姥爷（外公）门口唱大戏。接姑娘，唤女婿，小外孙也要去。……"

于是乎不但小外孙，三姨三姑也都聚在了一起。

每家如此，杀鸡买酒，笑语迎门，彼此谈着家常，说着趣事，每夜必到三更，灯油不知浪费了多少。

某村某村，婆婆虐待媳妇。那家那家的公公喝了酒就耍酒疯。又是谁家的姑娘出嫁了刚过一年就生了一对双生。又是谁的儿子十三岁就定了一家十八岁的姑娘做妻子。

烛火灯光之下，一谈了个半夜，真是非常的温暖而亲切。

一家若有几个女儿，这几个女儿都出嫁了，亲姊妹，两三年不能相遇的也有。平常是一个住东，一个住西，不是隔水的就是离山，而且每人有一大群孩子，也各自有自己的家务，若想彼此过访，那是不可能的事情。

若是做母亲的同时把几个女儿都接来了，那她们的相遇，真仿佛已经隔了三十年了。相见之下，真是不知从何说起，羞羞惭惭，欲言又止，刚一开口又觉得不好意思，过了一刻工夫，耳脸都发起烧来，于是相对无语，心中又喜又悲。过了一袋烟的工夫，等那往上冲的血流落了下去，彼此都逃出了那种昏昏恍恍的境界，这才来找几句不相干的话来开头；或是：

"你多暂来的？"

或是：

"孩子们都带来了？"

关于别离了几年的事情，连一个字也不敢提。

从表面上看来，她们并不像是姊妹，丝毫没有亲热的表现。面面相对的，不知道她们两个人是什么关系，似乎连认识也不认识，似乎从前她们两个并没有见过，而今天是第一次的相见，所以异常的冷落。

但是这只是外表，她们的心里，就早已沟通着了。甚至于在十天或半月之前，她们的心里就早已开始很远的牵动起来，那就是当她们彼此都接到了母亲的信的时候。

那信上写着要接她们姊妹都回来看戏的。

从那时候起，她们就把要送给姐姐或妹妹的礼物规定好了。

一又黑大绒的云子卷，是亲手做的。或者就在她们的本城和本乡里，有一个出名的染缸房，那染缸房会染出来很好的麻花布来。于是送了两匹白布去，嘱咐他好好的加细的染着。一匹是白地染蓝花，一匹是蓝地染白花。蓝地的染的是刘海戏金蟾，白地的染的是蝴蝶闹莲花。

一匹送给大姐姐，一匹送给三妹妹。

现在这东西，就都带在箱子里边。等过了一天二日的，寻个夜深人静的时候，轻轻的从自己的箱底上把这等东西取出来，摆在姐姐的面前，说：

"这麻花布被面，你带回去吧！"

只说了这么一句，看样子并不像是送礼物，并不像今人似的，送一点礼物很怕邻居左右看不见，是大嚷大吵着的，说这东西是从什么山上，或是什么海里得来的，那怕是小河沟子的出品，也必要连那小河沟子的身份也提高，说河沟子是怎样的不凡，是怎样的与众不同，可不同别的河沟子。

这等乡下人，糊里糊涂的，要表现的，无法表现，什么也说不出来，只是把东西递过去就算了事。

至于那受了东西的，也是不会说什么，连一声道谢也不说，就收下了。也有的稍微推辞了一下，也就收下了。

"留着你自己用吧！"

当然那送礼物的是加以拒绝。一拒绝，也就收下了。

每个回娘家看戏的姑娘，都零零碎碎的带来一大批东西。送父母的，送兄嫂的，送侄女的，送三亲六故的。带了东西最多的，是凡见了长辈或晚辈都多少有点东西拿得出来，那就是谁的人情最周到。

这一类的事情，等野台子唱完，拆了台子的时候，家家户户才慢慢的传诵。

每个从娘家回婆家的姑娘，也都带着很丰富的东西，这些都是人家送给她的礼品。东西丰富得很，不但有用的，也有吃的，母亲亲手制的咸肉，姐姐亲手晒的干鱼，哥哥上山打猎，打了一只雁来腌上，至今还有一只雁大腿，这个也给看戏的姑娘带回去，带回去给公公去喝酒吧。

于是乌三八四的，离走的前一天晚上，真是忙了个不休，就要分散的姊妹们连说个话儿的工夫都没有了。大包小包的包了一大堆。

再说在这唱戏的时间，除了看亲戚，会朋友，还成了许多好事，那就是谁家的女儿和谁家公子订婚了，说是明年二月，或是三月就要娶亲，订婚酒，已经吃过了，眼前就要过"小礼"的，所谓"小礼"就是在法律上的订婚形式，一经过了这番手续，东家的女儿，终归就要成了西家的媳妇了。

也有男女两家都是外乡赶来看戏的，男家的公子也并不在，女家的小姐也并不在。只是两家的双亲有媒人从中沟通着，就把亲事给定了。也有的喝酒做东的随便的把自己的女儿许给了人家。也有的男女两家的公子、小姐都还没有生出来，就给定下亲了。这叫作"指腹为亲"。这指腹为亲的，多半都是相当有点资财的人家才有这样的事。

两家都很有钱，一家是本地的烧锅掌柜的，一家是白旗屯的大窝堡，两家是一家种高粱，一家压烧酒。压烧酒的需要高粱，种高粱的需烧锅买他的高粱，烧锅非高粱不可，高粱非烧锅不行。恰巧又赶上这两家的妇人，都要将近生产，所以就"指腹为亲"了。

无管是谁家生了男孩子，谁家生了女孩子，只要是一男一女就规定了他们是夫妇。假若两家都生了男孩，那就不能勉强规定了。两家都生了女孩也是不能够规定的。

但是这指腹为亲，好处不太多，坏处是很多的。半路上其中的一家穷了，不开烧锅了，或者没有窝堡了。其余的一家，就不愿意娶他家的媳妇，或是把女儿嫁给一家穷人，假如女家穷了，那还好办，若实在不娶，他也没有什么办法。若是男家穷了，男家就一定要娶，若一定不让娶，那姑娘的名誉就很坏，说她把谁家给"妨"穷了，又不嫁了。"妨"字在迷信上说就是因为她命硬。因为她某家某家穷了。以后她的婆家就不大容易找人家，会给她起一个名叫作"望门妨"。无法，只得嫁过去，嫁过去之后，妯娌之间又要说她嫌贫爱富。百般的侮辱她。丈夫因此也不喜欢她了，公公婆婆也虐待她，她一个年轻的未出过家门的女子，受不住这许多攻击。回到娘家去，娘家也无甚办法，就是那当年指腹为亲的母亲说：

"这都是你的命（命运），你好好的耐着吧！"

年青的女子，莫名其妙的，不知道自己为什么要有这样的命，于是往往演出悲剧来，跳井的跳井，上吊的上吊。

古语说，"女子上不了战场。"

其实不对的，这井多么深，平白的你问一个男子，问他这井敢跳不敢跳，怕他也不敢的。而一个年轻的女子竟敢了，上战场不一定死，也许回来闹个一官半职的。可是跳井就很难不死，一跳就多半跳死了。

那么节妇坊上为什么没写着赞美女子跳井跳得勇敢的赞词？那是修节妇坊的人故意给删去的。因为修节妇坊的，多半是男子。他家里也有一个女人。他怕是写上了，将来他打他女人的时候，他的女人也去跳井。女人也跳了井，留下来一大群孩子可怎么办？于是一律不写。只写，温文尔雅，孝顺公婆……

大戏还没有开台，就来了这许多事情。等大戏一开了台，那戏台下边，真是人山人海，拥挤不堪。搭戏台的人，也真是会搭，正选了一平平坦坦的大沙滩，又光滑，又干净，使人就是倒在上边，也不会把衣裳沾一丝儿的土星。这沙滩有半里路长。

人们笑语连天，那里是在看戏，闹得比锣鼓好像更响，那戏台上出来一个穿红的，进去一个穿绿的，只看见摇摇摆摆的走出走进，别的什么也不知道了，不用说唱得好不好，就连听也听不到，离着近的还看得见不挂胡子的戏子在张嘴，离得远的就连戏台那个穿红衣裳的究竟是一个坤角，还是一个男角也都不大看得清楚。简直是还不如看木偶戏。

但是若有一个唱木偶戏这时候来在台下，唱起来，问他们看不看，那他们一定不看的，那怕就连戏台子的边也看不见了，那怕是站在二里路之外，他们也不看那木偶戏的，因为在大戏台底下，那怕就是睡了一觉回去，也总算是从大戏台子底下回来的，而不是从什么别的地方回来的。

一年没有什么别的好看，就这一场大戏还能够轻易的放过吗？所以无论看不看，戏台底下是不能不来。

所以一些乡下的人也都来了，赶着几套马的大车，赶着老牛车，赶着花轮子，赶着小车子，小车子上边驾着大骡子。总之家里有什么车的驾了什么车来。也有的似乎他们家里并不养马，也不养别的牲口，就只用了一匹小毛驴，拉一个花轮也就来了。

来了之后，这些车马，就一齐停在沙滩上，马匹在草包上吃着草，骡子到河里去喝水。车子都搭席棚，好像小看台似的，排列在戏台的远处。那车子带来了他们的全家，从祖母到孙子媳，老少三辈，他们离着戏台二三十丈远，听是什么也听不见的，看也很难看到什么，也不过是五红大绿的，在戏台上跑着圈子，头上戴着奇怪的帽子，身上穿着奇怪的衣裳。谁知道那些人都是干什么的，有的看了三天野台子戏，而连一场的戏名字也都叫不出来。回到乡下去，他也跟着人家说长道短的，偶尔人家问了他说的是那出戏，他竟瞪了眼睛，说不出来了。

至于一些孩子们在戏台底下，就更什么也不知道了，只记住一个大胡子，一个花脸的，谁知道那些都是在做什么，比比画画，刀枪棍棒的乱闹一阵。

反正戏台底下有些卖凉粉的，有些卖糖球的，随便吃去好了。什么黏糕，油炸馒头，豆腐脑都有，这些东西吃了又不饱，吃了这样再去吃那样。卖西瓜的，卖香瓜的，戏台底下都有，招得苍蝇一大堆，嗡嗡的飞。

戏台上敲锣打鼓震天的响。

那唱戏的人，也似乎怕远处的人听不见，也在拼命的喊，喊破了喉咙也压不住台的。那在台下的早已忘记了是在看戏，都在那里说长道短，男男女女的谈起家常来。还有些个远亲，平常一年也看不到，今天在这里看到了，那能不打招呼。所以三姨二婶子的，就在人多的地方大叫起来，假若是在看台的凉棚里坐看，忽然有一个老太太站了起来，大叫着说：

"他二舅母，你可多暂来的？"

于是那一方面也就应声而起。原来坐在看台的楼座上的，离着戏比较近，听唱是听得到的，所以那看台上比较安静。姑娘媳妇都吃着瓜子，喝着茶。对这大嚷大叫的人，别人虽然讨厌，但也不敢去禁止，你若让她小一点声讲话，她会骂了起来：

"这野台子戏，也不是你家的，你愿听戏，你请一台子到你家里去唱……"

另外的一个也说：

"哟哟，我没见过，看起戏来，都六亲不认了，说个话儿也不让……"

这还是比较好的，还有更不客气的，一开口就说：

"小养汉老婆……你奶奶，一辈子家里外头靡受过谁的大声小气，今天来到戏台底下受你的管教来啦，你娘的……"

被骂的人若不搭言，过一回也就了事了，若一搭言，自然也没有好听的。于是两边就打了起来啦，西瓜皮之类就飞了过去。

本来在戏台下看戏的，不料自己竟演起戏来，于是人们一窝蜂似的，都聚在这个真打真骂的活戏的方面来了。也有一些流氓混子之类，故意的叫着好，惹得全场的人哄哄大笑。假若打伏的还是个年青的女子，那些讨厌的流氓们还会说着各自的俏皮话，使她火上加油越骂就越凶猛。

自然那老太太无理，她一开口就骂了人。但是一闹到后来，谁是谁非也就看不出来了。

幸而戏台上的戏子总算沉着，不为所动，还在那里阿拉阿拉的唱。过了一个时候，那打得热闹的也究竟平静了。

再说戏台下边也有一些个调情的，那都是南街豆腐房里的嫂嫂，或是碾磨房的碾官磨官的老婆。碾官的老婆看上了一个赶马车的车夫。或是豆腐匠看上了开粮米铺那家的小姑娘。有的是两方面都眉来眼去，有的是一方面殷勤，他一方面则表示要拒之千里之外。这样的多半是一边低，一边高，两方面的资财不对。

绅士之流，也有调情的，彼此都坐在看台之上，东张张，西望望。三亲六故，姐夫小姨之间，未免的就要多看几眼，何况又都打扮得漂亮，非常好看。

绅士们平常到别人家的客厅去拜访的时候，绝不能够看上了人家的小姐就不住的看，那该多么不绅士，那该多么不讲道德。那小姐若一告诉了她的父母，她的父母立刻就和这样的朋友绝交。绝交了，倒不要紧，要紧的是一传出去名誉该多坏。绅士是高雅的，那能够不清不白的，那能够不分长幼的去存心看朋友的女儿，像那般下等人似的。

绅士彼此一拜访的时候，都是先让到客厅里去，端端庄庄的坐在那里，而后倒茶装烟。规矩礼法，彼此都尊为是上等人。朋友的妻子儿女，也都出来拜见，尊为长者。在这种时候，只能问问大少爷的书读了多少，或是又写了多少字了。连朋友的太太也不可以过多的谈话，何况朋友的女儿呢？那就连头也不能够抬的，那里还敢细看。

现在在戏台上看看怕不要紧，假设有人问道，就说是东看西看，瞧一瞧是否有朋友在别的看台上。何况这地方又人多眼杂，也许没有人留意。

三看两看的，朋友的小姐倒没有看上，可看上了不知道在什么地方见到过的一位妇人，那妇人拿着小小的鹅翎扇子，从扇子梢上往这边转着眼珠，虽说是一位妇人，可是又年轻，又漂亮。

这时候，这绅士就应该站起来打着口哨，好表示他是开心的。可是我们中国上一辈的老绅士不会这一套。他另外也有一套，就是他的眼睛似睁非睁的迷离恍惚的望了出去，表示他对她有无限的情意。可惜离得太远，怕不会看得清楚，也许枉费了心思了。

也有的在戏台下边，不听父母之命，不听媒妁之言，自己就结了终生不解之缘。这多半是表哥表妹，等等，稍有点出身来历的公子小姐的行为。他们一言为定，终生合好。间或也有被父母所阻拦，生出来许多波折。但那波折都是非常美丽的，使人一讲起来真是比看《红楼梦》更有趣味。来年再唱大戏的时候，姊妹们一讲起这佳话来真是增添了不少的回想……

赶着车进城来看戏的乡下人，他们就在河边沙滩上，扎了营了。夜里大戏散了，人们都回家了。只有这等连车带马的，他们就在沙滩上过夜。好像出征的军人似的，露天为营。有的住了一夜，第二夜就回去了。有的住了三夜，一直到大戏唱完，才赶着车子回乡。不用说这沙滩下是很雄壮的，夜里，他们每家燃了火，煮茶的煮茶，谈天的谈天。但终归是人数太少，也不过二三十辆车子。所燃起来的火，也不会火光冲天，所以多少有一些凄凉之感。夜深了，住在河边上，被河水吸着又特别的凉，人家睡起觉来都觉得冷森森的。尤其是车夫马官之类，他们不能够睡觉，怕是有土匪来抢劫他们马匹。所以就坐以待旦。

于是就在纸灯笼下边，三个两个的赌钱。赌到天色发白了，该牵着马到河边去饮水去了。在河上，遇到了捉蟹的蟹船。蟹船上的老头说：

"昨天的《打渔杀家》唱得不错。听说今天还有《汾河湾》。"

那牵着牲口饮水的人，是一点大戏常识也没有的。他只听到牲口喝水的声音呵呵的，其他的则不知所答了。

四

四月十八娘娘庙大会，这也是为着神鬼，而不是为着人的。

这庙会的土名就叫作"逛庙"，也是无分男女老幼都来逛的，但其中以女子最多。

女子们早晨起来，吃了早饭，就开始梳洗打扮。打扮好了，就约了东家姐姐，西家妹妹的去逛庙去了。竟有一起来就先梳洗打扮的，打扮好了才吃饭，一吃了饭就走了。总之一到逛庙这天，各不后人，到不了半晌午，就车水马龙，拥挤得气息不通了。

挤丢了孩子的站在那儿喊，找不到妈的孩子在人丛里边哭，三岁的，五岁的，还有两岁的刚刚会走，竟也被挤丢了。

所以每年庙会上必得有几个警察在收这些孩子。收了站在庙台上，等着他的家人来领。偏偏这些孩子都很胆小，张着嘴大哭，哭得实在可怜，满头满脸是汗，有的十二三岁了，也被丢了，问他家住那里？他竟说不出所以然来，东指指，西画画，说是他家门口有一条小河沟，那河沟里边出虾米，就叫作"虾沟子"，也许他家那地名就叫"虾沟子"，听了使人莫明其妙。再问他这虾沟子离城多远，他便说：骑马要一顿饭的工夫可到，坐车要三顿饭的工夫可到。究竟离城多远，他没有说。问他姓什么，他说他祖父叫史二，他父亲叫史成……这样你就再也不敢问他了。要问他吃饭没有？他就说："睡觉了。"这是没有办法的，任他去吧。于是就都连大带小的一齐站在庙门口，他们哭的哭，叫的叫。好像小兽似的，警察在看守着他们。

娘娘庙是在北大街上，老爷庙和娘娘庙离不了好远，那些烧香的人，虽然说是求子求孙，是先该向娘娘来烧香的，但是人们都以为阴间也是一样的重男轻女，所以不敢倒反天干。所以都是先到老爷庙去，打过钟，磕过头，好像跪到那里报个到似的，而后才上娘娘庙去。

老爷庙有大泥像十多尊，不知道那个是老爷，都是威风凛凛，气概盖世的样子。有的泥像的手指尖都被攀了去，举着没有手指的手在那里站着，有的眼睛被挖了，像是个瞎子似的。有的泥像的脚趾是被写了一大堆的字，那字不太高雅，不怎么合乎神的身份。似乎是说泥像也该娶个老婆，不然他看了和尚去找小尼姑，他是要忌妒的，这字现在没有了，传说是这样。

为了这个，县官下了命令，不到初一十五，一律的把庙门锁起来，不准闲人进去。

当地的县官是很讲仁义道德的，传说他第五个姨太太，就是从尼姑庵接来的。所以他始终相信，尼姑绝不会找和尚。自古就把尼姑列在和尚一起，其实是世人不查，人云亦云。好比县官的第五房姨太太，就是个尼姑。难道她也被和尚找过了吗？这是不可能的。

所以下令一律的把庙门关了。

娘娘庙里比较的温静，泥像也有一些个，以女子为多，多半都没有横眉竖眼，近乎普通人，使人走进了大殿不必害怕，不用说是娘娘了，那自然是很好的温顺的女性。就说女鬼吧，也都不怎样恶，至多也不过披头散发的就完了，也绝没有像老爷庙里那般泥像似的，眼睛冒了火，或像老虎似的张着嘴。

不但孩子进了老爷庙有的吓得大哭，就连壮年的男人进去也要肃然起敬，好像说虽然他在壮年，那泥像若走过来和他打打，他也绝打不过那泥像的。

所以在老爷庙上磕头的人，心里比较虔诚，因为那泥像，身子高，力气大。

到了娘娘庙，虽然也磕头，但就总觉得那娘娘没有什么出奇之处。

塑泥像的人是男人，他把女人塑得很温顺，似乎对女人很尊敬。他把男人塑得很凶猛，似乎男性很不好。其实不对的，世界上的男人，无论多凶猛，眼睛冒火的似乎还未曾见过。就说西洋人吧，虽然与中国人的眼睛不同，但也不过是蓝瓦瓦的有点类似猫头的眼睛而已，冒了火的还没有。眼睛会冒火的民族，目前的世界还未发现。那么塑泥像的人为什么把他塑成那个样子呢？那就是让你一见生畏，不但磕头，而且要心服。就是磕完了头站起再看看，也绝不会后悔，不会后悔这头是向一个平庸无奇的人白白磕了。至于塑像的人塑起女子来为什么要那么温顺，那就告诉人，温顺的就是老实的。老实的就是好欺侮的，告诉人快来欺侮她们吧。

人若老实了，不但异类要来欺侮，就是同类也不同情。

比方女子去拜过了娘娘庙，也不过向娘娘讨子讨孙。讨完了就出来了，其余的并没有什么尊敬的意思。觉得子孙娘娘也不过是个普通的女子而已，只是她的孩子多了一些。

所以男人打老婆的时候便说：

"娘娘还得怕老爷打呢？何况你一个长舌妇！"

可见男人打女人是天理应该，神鬼齐一。怪不得那娘娘庙里的娘娘特别温顺，原来是常常挨打的缘故。可见温顺也不是怎样优良的天性，而是被打的结果。甚或是招打的缘由。

两个庙都拜过了的人，就出来了，拥挤在街上。街上卖什么玩具的都有，多半玩具都是适于几岁的小孩子玩的。泥做的泥公鸡，鸡尾巴上插着两根红鸡毛，一点也不像，可是使人看去，就比活的更好看。家里有小孩子的不能不买。何况拿在嘴上一吹又会呜呜的响。买了泥公鸡，又看见了小泥人，小泥人的背上也有一个洞，这洞里边插着一根芦苇，一吹就响，那声音好像是诉怨似的，不太好听，但是孩子们都喜欢，做母亲的也一定要买。其余的如卖哨子的，卖小笛子，卖钱蝴蝶的，卖不倒翁的，其中尤以不倒翁最著名，也最上讲究，家家都买，有钱的买大的，没有钱的，买个小的。大的有一尺多高，二尺来高。小的有小得像个鸭蛋似的。无论大小，都非常灵活，按倒了就起来，起得很快，是随手就起来的。买不倒翁要当场试验，间或有生手的工匠所做出来的不倒翁，因屁股太大了，他不愿意倒下，也有的倒下了他就不起来。所以买不倒翁的人就把手伸出去，一律把他们按倒，看那个先站起来就买那个，当那一倒一起的时候，真是可笑，摊子旁边围了些孩子，专在那里笑。不倒翁长得很好，又白又胖。并不是老翁的样子，也不过他的名叫不倒翁就是了。其实他是一个胖孩子。做得讲究一点的，头顶上还贴了一撮毛算是头发。有头发的比没有头发的要贵二百钱。有的孩子买的时候力争要带头发的，做母亲的舍不得那二百钱，就说到家给他剪点狗毛贴。孩子非要带毛的不可，选了一个带毛的抱在怀里不放。没有法只得买了。这孩子抱着欢喜了一路，等到家一看，那撮毛不知什么时候已经飞了。于是孩子大哭。虽然母亲已经给剪了撮狗毛贴上了，但那孩子就总觉得这狗毛不是真的，不如原来的好看。也许那原来也贴的是狗毛。或许还不如现在的这个好看。但那孩子就总不开心，忧愁了一个下半天。

庙会到下半天就散了。虽然庙会是散了，可是庙门还开着，烧香的人，拜佛的人陆续的还有。有些没有儿子的妇女，仍旧在娘娘庙上捉弄着娘娘。给子孙娘娘的背后钉一个纽扣，给她的脚上绑一条带子，耳朵上挂一只耳环，给她戴一副眼镜，把她旁边的泥娃娃给偷着抱走了一个。据说这样做，来年就都会生儿子的。

娘娘庙的门口，卖带子的特别多，妇人们都争着去买，她们相信买了带子，就会把儿子给带来了。

若是未出嫁的女儿，出误买了这东西，那就将成为大家的笑柄了。

庙会一过，家家户户就都有一个不倒翁，离城远至十八里路的，也都买了一个回去。回到家里，摆在迎门的向口，使别人一过眼就看见了，他家的确有一个不倒翁不差。这证明逛庙会的时节他家并没有落伍。的确是去逛过了。

歌谣上说：

"小大姐，去逛庙，扭扭搭搭走的俏，回来买个扳不倒。"

五

这些盛举，都是为鬼而做的并非为人而做的。至于人去看戏，逛庙，也不过是揩油借光的意思。

跳大神有鬼，唱大戏是唱给龙王爷看的。七月十五放河灯，是把灯放给鬼，让他顶着个灯去脱生。四月十八也是烧香磕头的祭鬼。

只有跳秧歌，是为活人而不是为鬼预备的。跳秧歌是在正月十五，正是农闲的时候，趁着新年而化起装来，男人装女人，装得滑稽可笑。

狮子，笼灯，旱船，等等。似乎也跟祭鬼似的，花样复杂。一时说不清楚。

选自《中国新文学大系 1937—1949》第八集

上海文艺出版社 1990 年版

作家的话 ◈

有一种小说学，小说有一定的写法，一定要具备某几种东西，一定要写得像巴尔扎克或契诃夫的作品那样。我不相信这一套，有各式各样的作者，有各式各样的小说！若说一定要怎样才算小说，鲁迅的小说有些就不是小说，如《头发的故事》《一件小事》《鸭的喜剧》，等等。

转引自聂绀弩：《〈萧红选集〉序》

评论家的话 ◈

　　要点不在《呼兰河传》不像是一部严格意义的小说，而在于它这"不像"之外，还有些别的东西——一些比"像"一部小说更为"诱人"些的东西：它是一篇叙事诗，一幅多彩的风土画，一串凄婉的歌谣。

　　有讽刺，也有幽默。开始读时有轻松之感，然而愈读下去心头就会一点一点沉重起来。可是，仍然有美，即使这美有点病态，也仍然不能不使你眩惑。

茅盾：《〈呼兰河传〉序》

　　萧红的小说风格大致是散文化的，斑斑点点的生活素描构成了她独有的艺术格局，尤以《呼兰河传》为最。看似散文，却排列着彼此连贯的生活故事，从那些故事中渐次走出，从呼兰河小城的民俗风光中迈入深层，便出现了泪痕斑斑、血渍模糊的人物描写，小团圆媳妇、有二伯、冯歪嘴子、王大姐等一系列形象构成的小说结构到此时始在人们的眼前脱颖而出。萧红小说的散文化特色，在于她的将散文与小说既无分界又有分界的有机的艺术组合，不能把《呼兰河传》前半部的风俗人情的描绘视作冗笔，譬如踯躅于山阴道上，树木葱茏，雀鸟鸣啭，同时入奇峰怪石的胜境虽非同一境地，但属于这整体的景色的一部分则是无疑的。小说前半部的抒情状物，正同下半部的凄惶之情遥相呼应，这属于另一境界的艺术风格恰好是萧红小说独有的奇气。

荒煤　洁泯：《中国新文学大系
1937—1949·长篇小说卷一·序》

萧　乾

◈ 活宝们在受难

——空袭下的英国家畜

　　萧乾，原名萧秉乾，蒙古族人。1910 年生于北京。曾入燕京大学新闻系学习。1935 年毕业后，开始发表小说，并先后任天津、上海、香港《大公报·文艺》副刊编辑。1939 年任英国伦敦大学东方学院讲师兼《大公报》驻英国记者。1942—1944 年为英国剑桥大学英国文学研究生。1944 年起任《大公报》驻英国特派员兼战地记者，发表大量欧洲战场的报道。1946 年回国负责《大公报》国际问题社评，并在复旦大学任教授。20 世纪 50 年代去北京做编辑和翻译工作，1957 年反右运动中被错划为右派，晚年获平反后，又写作了大量散文，并与夫人文洁若合作翻译乔伊斯的《尤利西斯》。1999 年于北京去世。

也许读者看过题目会说，这成什么通讯了，家畜也上了台！你想的大约是我们那些吃干鱼啃光骨头——甚而只吃人中黄的猫狗。如果真是那样，我也不浪费你的时间、报纸的篇幅和飞机里宝贵的空间了。但人家的家畜不但是娇种，还是灵物呢。约克郡的欧地昂电影院放映狗明星斯古毛主演的影片时，观众大半都是大小各色的狗绅士们。《每日邮报》上说，演到艳情部分，那些四足观客还屏息静气地不住赞赏，演到英勇处，数百只狗也齐声吠了起来，以示喝彩。而英国广播电台在纪念"家犬登记日"之前夕，就真的请狗明星广播过。它们不配吗？一位读者在《观察家》（周报）上说，他的狗对流行的舞曲毫无兴趣，但每播放贝多芬音乐，必半阖上眼睛倾听。上海是有狗饭店的，这里还有狗公寓。而且贝尔先生说，他的狗如闻到德国的肉，即使是一块最肥嫩的，也不下口；但如告它是"英国的"，立即就摆摆尾巴吃了起来。狗在英国还不是阔人的专利。几乎每人一只。那是说父亲一只，儿子一只，而且形影不离。男主人散步，女主人买菜。公园也是狗士们的社交场所。

读者或者仍不以为然。至少，你可以问，狗与战争有什么关系呢？它们又不从军参政的。可你这就问着了。先不说警犬对巡逻通讯的用处，你可曾知道人家这儿有专为狗准备的防空壕，救护车？报纸上在报道家畜们的英勇时，同人一样标以大字。须记得，家畜在英国家庭生活中是不可分的一个成员。著名女作家伍尔夫夫人就曾把十九世纪女诗人勃朗宁夫人的爱犬弗勒施作为一部作品的主角。难道我们不能由这些四足英雄们窥窥一个民族的特性吗！

六月底，英国为追捕降落的纳粹伞兵，特别派民团在中部山陵地区巡逻。那时正有一批疏散到湖区一带的难狗，军部就下令先拨出五百只狗作为民团巡逻时的伴侣。当一个炸弹从房顶穿下时，正吃晚饭的一对夫妇就双双钻到桌子下面去。（怪不得昨天走过一家木器店，看到一张楠木桌，上写："此桌足以顶住三层楼之重压。"）这时，那主妇在喘息间还问："米妮（猫）哪儿去了？"老爷说："她有九条命，我可只有一条。"

多少人为了猫狗违反了灯火管制而受罚。一位贵族太太被罚五镑。开战以来直到今天，还未解决的一个问题是：家畜究竟是否可以带入防空壕。在英国中部，人民表示，如果官家不许，他们宁可待在家里挨炸。

这一点，读者可能认为未免太过火了，然而这是去年十一月十一日晚上的事。一个叫陶宝的爱狗者应征入伍。十日那天，兵营特放他两天假，他同一个叫克拉克的小姐结了婚，去著名消暑盛地"黑池"海滨去度蜜月。那晚他去接他的新娘回家（次日他们便须分手）。他沿沙滩走着，忽然看见一簇本地人用绳竿救一只落海的狗。他即刻跳下海去营救。数小时后他被拖上来时，已是一具臃肿的尸首了。新婚后十八个小时！而且是空军下士！这在别国引起的也许是惋惜，或一声"蠢"！但这可是次晨《每日新闻》的头条英雄新闻。

记者去冬即报告过在动物园的"蛙宫"内，曾见四五个军官围着一只青蛙。我们四川产的熊猫到伦敦后，一直轰动了几年。写它的书，编的童话，用它的照片做商标的糖果，到处都是。报上常见到熊猫某日疏散了，空袭一松下来，熊猫又返回伦敦了。后来它又被疏散到安全地带了。

英国还有一种雅兴：观鸟。要像是我们那样把鸟囚入笼中沿街提着，不罚款也必受路人唾骂。他们是偷偷地"看鸟"。剑桥基督学院的院长便是有名的观鸟家。他的二小姐（我的高足）告诉我，他们每年暑假都去苏格兰高原深林中搭帐篷，日日夜夜守着，以便观察鸟的动静，并摄影。她说，要住多日，使它们习惯了才好照相。这种狂热可贵吗？开战前，哈密尔顿公爵夫人在《新闻纪事报》上写道："我相信惟有爱畜，战争方能消弭。盖如吾人珍爱犬马飞禽至此，又焉忍互相残杀？"

以上都是记者旁插，且说英国家畜究竟受了战争什么影响呢？此话不问则已，一问就非同小可。比方说，巴雷地方某牛奶厂老板杰姆士被订户起了诉，说他送的奶脂肪成分比以前少了百分之十三。在法庭上，杰姆士的女助手说，自从有了空袭，牛奶就减产了。第一天，二十一头牛中，仅有四头的奶未减成色。而且一闻警报，它们都即刻伏在栅里。于是，法官宣告被告无罪。再说，战时与军火同样重要的饲料，其节省和管理，当然是件大事了。然而这里，家畜就成为一个尖锐问题了。德国自宣战以来，即大批杀狗。英国一般"国家至上"的公民也竭力提倡。如某爱犬家致函《图画邮报》，表示自愿杀掉心爱的三条牧羊犬以节省粮食。他立刻受到攻讦。一封信说："亏得你的牧羊犬不识字！"（丰子恺先生的口气！）另一位飞将军夫人就报起她的爱犬的大功："（一）我丈夫在空军服务，极少回家，狗既看家又陪伴我。（二）每日捕食大小老鼠一百零八只！

（三）捕兔，每晚平均可捕九只，而统共它每日吃的食物只值六便士。杀掉它？哼，我杀不起！"好在粮食充裕，而且指定出某部分的肉是专喂狗的。粮食部规定用肉食喂狗者，罚百镑以下。春间，英国为了防备纳粹伞兵，将全国路牌，车站站名牌以及广告上有地点字样的全涂抹拆除了，使敌人即使降落也不辨方向。但每条狗脖颈上那钢带上的地名依然容易辨认，所以政府勒令狗主人将铜牌一律摘下。"全国犬类保障协会"因而提出严重抗议，谓"我国之狗素性聪明，绝不容敌人检视，必先吠而后咬之。况任何陌生客企图窥视狗牌，无异自首。人民正好群起而捉之。"改革实不是容易的事啊！《吾家犬》（养狗家的月刊）八月间发起爱狗者的飞机捐款，不一刻即集足五千镑。

空袭与家畜关系尤大。大轰炸未开始前，海德公园及肯森顿花园即有了狗的避难所，并有两位女管理员负责照看。全英为家畜谋福利的团体很多，对救护家畜最卖力的是民众兽医处，他们派遣蓝色救护车分赴被炸地带，专门医疗被机枪扫射的牛马以及压在屋下的猫犬。民众遇有待治的家畜，只须在门上系一白色手绢即可。另外又开了寄养家畜的公寓两处。遇因主人疏散，不便携带活宝者，可以临时安排寄宿。

有谁会料到纳粹飞机给坐落于市中心的伦敦动物园出了个大难题！去年记者不是报道过吗，他们把非洲毒蛇移走了，较娇养的动物如熊猫也像故宫宝物那样东搬西挪。即使这样，极为珍贵的蜂鸟三只还是远走高飞了。一只仙鹤由炸破的栅栏逃入隔壁的摄政公园内，幸而捕回。一匹斑马也逃出过。但如果那些北极熊、雄狮、虎、豹也逃出来，那可就不得了啦。所以目前，猛兽晚间多睡在坚固的地下室。毒蛇、蜈蚣大多被击毙。公园管理人承认有受伤的，如猴子窝即中过一弹，但炸死的不多。他说："众兽纪律绝佳，无丝毫恐怖状态。"然而人们担心的是，万一德机朝百兽园投下炸弹，这些住惯了竹笼铁栏的虫鱼鸟兽可往哪里转移或疏散?!

在英国这场空战中，兽类的机智也打破了纪录。撒雷地方一家人正吃晚餐时，狗忽然狂吠了起来。顷刻警报也响了，但它仍吠。两小时后，一颗炸弹把那座房子炸掉一半。猫们一闻警报，也即刻往地窖里逃。据说有些狼犬，甚而能辨别敌机还是英机。遇有未爆炸的高射炮弹，民团搜查许久也无下落，然而一匹马走到那跟前即不再前进了。住在多佛口岸的一位在《泰晤士报》上写文说，海鸥一遇空袭警报，即翻飞嘶叫如野猪。著名的动物学家罗宾森先生谓在鸟类中，雉鸡的反应最为灵敏。他的解释是因为它们察觉到空中马达声的震动。但气象学家认为骚扰是地面上引起的。据说在高射炮齐放时，枭鸟依然捕杀虫类。深秋是欧洲鸟群飞掠伦敦的季节，观鸟家谓数目并未因战争而减少。至于聂尔逊华表下及圣保罗教堂石阶前的鸽子，自然仍是千百成群。

但说着又走了题。不是说家畜吗？它们真有些可歌可泣的故事。上月一只猫独行了二百英里找到它的那投身红十字会做护士的主人。那猫把四爪都走破了，伏在帆布床上，听凭戴了白帽的女主人为它洗涤缠裹。许多只猫在故宅成瓦砾后，仍在废墟上徜徉达两昼夜之久。救护队只听见近似呜咽的凄叫，他们冒了轰炸的危险，四下寻觅，直到救出才罢休。但最容易受刺激的还是马。一个养马专家说，在此空袭下，绝对不宜任马独处。如不能把它放在身边，即应有山羊陪伴。遇有惊险，马会受山羊指挥。

至于我们家里的叫驴、肥猪、大水牯，在太阳牌轰炸机下起什么反应，就请诸位各自去观察吧。

一九四一年二月十五日，于伦敦

选自《红毛长谈》

台声出版社1990年

作家的话 ◈

这些文字涉及的地方虽然不同，写作时间也不一样，但我有的只有一个企图，那就是褒善贬恶，为受蹂躏者呼喊，向黑暗进攻。这企图却与我另外一个野心相冲突，那就是怎样把新闻文章写得稍有点永久性，待事过境迁后，还值得一读。

《〈人生采访〉前记》

评论家的话 ◈

这些文章充分显露出萧乾多样才华。作为一个中国记者，又是一个作家，他所写的战地通讯，角度独特，内容丰富，文笔生动。他将残酷的战争下的英国人民，表现得富有立体感：他们勇敢、坚强、乐观、幽默……收入集子中的这些通讯，一个突出的特点，是选取巧妙的角度，用富有趣味的事实，反映战时英国、战时欧洲的各个侧面。《科学在第二次大战中》《战争与宗教》《一九四零年欧洲稗史大观》……从这些标题我们就可以看出作者的特点。最让人拍案称绝的是《活宝们在受难》。萧乾全文都写英国的猫、狗等家畜，写它们在战争中的遭遇，以及围绕它们而发生的种种情况。借写猫狗，反映英国民俗世态、战时民主、人民的牺牲等等，真是一篇大手笔的小文章。与它相比，我们许多现时的通讯真显得逊色多了。从这组文章里，我们看到了一个幽默的萧乾，一个聪明的萧乾，他的这些幽默恐怕不仅仅受菲尔丁等人小说的影响，他长期生活在富有幽默感的英国人中间，可能使他本身具有的幽默天性更有成长，也许正是这七年的生活，使他增加了幽默感。

李辉：《萧乾的遗憾与幸福》

吴伯箫
荠菜花

吴伯箫，原名吴熙成，字伯箫。1906 年出生，山东莱芜人。1931 年毕业于北京师范大学英文系，从事教育工作之余写作散文。1938 年去延安从事实际工作。1963 年出版散文集《北极星》，以延安生活为题材的一组散文具有较大的影响。1982 年去世于北京。

春在溪头荠菜花。

荠，是一种极不稀罕的野菜。到处生长几乎像烧不尽的野草一样。属蔬类植物。羽状有缺刻的叶子常瘦削而欠肥润。四瓣白色的小花，也是细碎而不美无香的。可是不知怎么，在初春食品中，它却算山野美味呢。青菜摊上与嫩瓜鲜韭有同样高的价格，厨师傅的菜筐里经常亦是用水鸭、山鸡、蘑菇、木耳并驾齐驱的。"谁谓荼苦，其甘如荠。"《诗经》里不也有这样很高抬的话么？不错，看来三月阳春是会沾恋在溪头荠菜花的。

午饭桌上，简单的蔬菜中今天忽然添了一碟苦菜蘸甜酱，到口颇有异致，问问来历，说是几个女孩子送的，咀嚼品味之余，不禁由苦菜想起荠菜，由荠菜想起很多很多春天的事来。

是啊，一个人是会凭借了点点滴滴的物什，憧憬到一大堆悠远陈旧的事上去的；您，不晓得怎样，于我，这却成了牢不可破的习惯了。丙夜时分一声"硬面饽饽"，带来的是全套北京的怀念；苍然的城阙，壮丽的宫殿，走不完挤不开的街巷胡同，同各种人的忙碌与闲暇，都随了那声音像海市蜃楼般的在脑海上浮荡起来。一挂红纸封的万头火鞭，着眼就是曩昔的升平年景及祖父在时家庭的一团和乐。西红柿给我一个女人的影子；天冬草使我记起那帮永远谈不倦的血性伴儿。鸣蝉声里要燥热打瞌睡，蟋蟀唧唧令人感到凄凄别离。啊，就这样，荠菜花孕蕴了百千种景色，拨弄着够多的惆怅与欢乐呢。

譬如放风筝罢，就是同荠菜花分拆不开的童年盛事。

自然，提起风筝的原始，那是与荠菜花丝毫无关的，《询刍录》载，"五代李邺，于宫中作纸鸢，引线乘风为戏，后于鸢首，以竹为笛，使风入竹，声如筝鸣，故曰风筝。"《独异志》："侯景围台城，简文作纸鸢，飞空告急于外。"但那些又与我何干？要说的还是自己的事啊。

放风筝，你得先记牢那时在吹着徐徐的东风。天气正有点料峭，又有点煦暖。"麦才青而覆雉"，望去垄垄绿浪起浮，粼粼波动，像一抹碧海。芊绵的堰山春草。踏上去绵软软的，缀以不知名的杂色野花，也直如幅幅锦绣。细细谛听，草溪水在活活流了，有黄鹂鸣，有布谷鸟这里咕咕，那里咕咕。一颗烂漫的童心就忽而上天忽而下地的随了处处啼鸟跳动起来。

说着，已经被风筝线牵到坡里去了。同伴有十四岁的叔，有十二岁的小姑，自己该是八九岁光景吧，赤子之心，还真够热。

小姑说："剜荠菜去！晚上好包饺子。"

叔说："也带便剜'琉璃嘴'。"一壁哼出那首唱过千千万万遍的山歌："琉璃嘴，跑煞腿，剜不了来，噘着嘴。"风筝上的弓子嗡嗡响了。那边长工五爷爷耕着地，正刮喇打一声响鞭，喝着两头黄牛一东二冬的走。"哈噫！"牛走快了点；"喔噢！"拨回头了。

就这样，吃了早饭出去，在坡里，岭头，山腰，平衍的田畴，乱跑乱笑，风筝线上不觉就打发去半天工夫。晌午了，玩也是会饿的。正巧小二却给五爷爷送了饭来。"老掌柜的叫您家去吃饭啦！"小二看见我们远远就嚷，老掌柜是说的祖父，老人家那时六十多岁了。我们笑笑，不说话，却牵着风筝挨近了饭担子去。家里对耕地的掌作伙计，饭食照例是优待的：面食，起码还得来个香椿炒鸡子。不用让，五爷爷的一份几乎是大家抢着吃了。没有筷子，手抓就怪现成。先生，您会笑话罢？俺原是野生生的。

猫猫虎虎填满肚皮，就在犁耙跟前睡一小觉的事常有。偶尔得那么一个半大小梦，往往都是飞。飞，从风筝你会知道它的来历的。醒来，牛还在反刍"嚼沫"，五爷爷几袋旱烟却吸完了。嚎的一声，黄牛又得拖了犁耙三江四支的走起来。就这样扯着风筝弦上悠扬的单音歌，直等看过照眼的夕阳，才收拾家去。祖父往往将着胡须笑着说："喂，少爷小姐们，太辛苦啦！接着放一宿不完啦，还家来干什么？"听着虽怪不好意思，回头却还是高兴着去找浆糊补缀被柳枝挂坏了的蝴蝶风筝的翅子。

再说打秋千罢。

三月三日架秋千的时候，荠菜也正当行时。看见荠菜，不由得也教人记起打秋千来。秋千听说本是山戎之戏，齐桓北伐，才传入中原。不知确否？起初仿佛只许在皇家宫院中玩。顶会享乐的唐明皇曾呼之为半仙之戏。《开元遗事》里就有："天宝宫中，至寒食节，竞竖秋千……"那样的话。看来黔首细民原是无缘蹴足的。后来慢慢大众化了，莫非是"君子之德风"的缘故？总之向来就是草木之人的在下，儿时是曾做过半拉仙人的。

乡下打秋千，好处不完全在立在踏板上荡几个来回会有飘飘然羽化登仙之感，妙的还在玩秋千的时候，架秋千的地方，同打秋千的人。"寒食东风御柳斜"时候正值绿柳才黄，远山横翠；从小寒到谷雨八个节气，适当全盛；二十四番花信风，恰踵至沓来。棉衣甫卸，单夹上身，人人都有着大病初愈般轻松。严冬畏缩的肢体才算舒展开来。农事还不很忙，你说干么呢？春耕之暇最好玩玩秋千了。

"绿杨树外出秋千"，地方正好。一边树树桃花，一边株株杨柳，最富莫如帝王家，他有这样恰当的院落么？人是无猜的乡下人；朴实，纯真；连男的都会红了脸害羞。行不独自去，三三两两俱；彼此招呼着叔叔大爷，姑姑姐姐，那亲切是没有虚饰折扣的。秋千虽不必彩绳画板，但这一个送送，那一个蹴蹴，使得满脸汗，还嚷着不累不累。凑巧，有新嫁娘，被大家嬲不过，坐在秋千板上被丈夫送一回，两个脸都会从脖根红到耳梢，笑是止不住的。扭扭捏捏的小家气，就全做燕子飞了。燕子飞，秋千索上正有点仿佛呢。

乡间说的"六月六爬城墙，一百天不害脚冷"。那自是胡说八道骗着小孩玩玩的老实话；三月三打秋千却应当会消病祛灾的。早头里欧美的新潮还未泛滥到中国，人们不知道啥叫户外运动，但三月曲水会，九九登高节，五月龙船，清明踏青，不必乱嚷嚷却都得了户外的实惠了。说句矫情话，不怕您说落伍，我倒愿意把篮球放起，去树丛里打打秋千呢。

啊，荠菜花，唤起的往事不少啊。整个春的意念仿佛就包涵在这寥寥三个字里。因为它，我想起菜园左近捕鸟的故事来了。想起麦未黄时蚕桑的忙碌来了。想起了桃杏花，想起了紫陌红尘，同红尘中熙来攘往的看花人。也想起柳絮，榆钱，蒲公英，漫天飞的麻雀。几时再能玩玩那些儿时喜欢的玩艺呢？于今噩梦的魔障将美梦的虹光遮了。默默中只听见炮声，只嗅到血腥；人间世再不会有姹紫嫣红的春天，人也再不会有第二度童年啊！

头上的飞机正轧轧怪响，偏偏东邻农家传来一脉荠菜的饭香，这种苦趣，要说如何可说呢？还是沉默的好罢！时乃癫狂东风舞，白日当头，一九三六年四月二十日也。

选自《羽书》

文化生活出版社 1941 年初版

作家的话 ◈

曾妄想创一种文体：小说的生活题材，诗的语言感情，散文的篇幅结构。内容是主要，故事、人物、山水原野以至鸟兽虫鱼；感情是粗犷、豪放也好，婉约、冲淡也好，总要有回甘余韵。

《无花果——我和散文》

评论家的话 ◈

吴伯箫的散文风格单纯简练，质朴峭拔，具有一种质朴的美。他说过："美的概念里是更健康的内容，那就是整洁，朴素，自然。"吴伯箫就是以这样的审美理想和美学趣味，创造他自己的散文风格，赋予作品以质朴的音调和色彩。

吴周文：《论吴伯箫散文风格的质朴美》

阿 垅
纤 夫

  阿垅，原名陈守梅，又名陈亦门，主要笔名还有亦门、S. M 等。1907 年出生，浙江杭州人。是国民党中央军校第十期毕业生，参加过 1937 年上海淞沪抗战，曾根据自己的亲身经历写成《闸北打了起来》等报告文学作品，向《七月》投稿，发表诗歌创作和诗歌评论，由此结识胡风，后成为"七月派"的主要理论家和诗人之一。1946 年在成都主编"胡风派"文艺刊物《呼吸》。1949 年后任天津市文（作）协编辑部主任。1955 年 5 月被打成"胡风反革命集团骨干分子"，1967 年因骨髓炎含冤病死狱中，1980 年 12 月始获平反。主要著作有长篇小说《南京》（即《南京血祭》，曾获中华全国文艺界抗敌协会长篇小说征文奖），诗集《无弦琴》，诗文论集《人和诗》《诗与现实》（三卷）等。

嘉陵江

风，顽固地逆吹着

江水，狂荡地逆流着，

而那大木船

衰弱而又懒惰

沉湎而又笨重，

而那纤夫们

正面着逆吹的风

正面着逆流的江水

在三百尺远的一条纤绳之前

又大大地——跨出了一寸的脚步！……

风，是一个绝望于街头的老人

伸出枯僵成生铁的老手随便拉住行人（不让再走了）

要你听完那永不会完的破落的独白，

江水，是一支生吃活人的卐字旗麾下的钢甲军队

集中攻袭一个据点

要给它尽兴的毁灭

而不让它有一步的移动！

但是纤夫们既逆着那

逆吹的风

更逆着那逆流的江水。

　　大木船

活够了两百岁了的样子，活够了的样子

污黑而又猥琐的，

灰黑的木头处处蛀蚀着

木板坼裂成黑而又黑的巨缝（里面像有阴谋和臭虫在做窠

的）

用石灰、竹丝、桐油捣制的膏深深地填嵌起来（填嵌不好

的），

在风和江水里

像那生根在江岸的大黄桷树，动也——真懒得动呢

自己不动影子也不动（映着这影子的水波也几乎不流动起

来）

这个走天下的老江湖

快要在这宽阔的江面上躺下来睡觉了（毫不在乎呢），

中国的船啊！

古老而又破漏的船啊！

而船舱里有

五百担米和谷

五百担粮食和种子

五百担，人底生活的资料

和大地底第二次的春底胚胎，酵母，

纤夫们底这长长的纤绳

和那更长更长的

道路，不过为的这个！

    一绳之微

紧张地拽引着

作为人和那五百担粮食和种子之间的力的有机联系，

紧张地——拽引着

前进啊；

一绳之微

用正确而坚强的脚步

给大木船以应有的方向（像走回家的路一样有一个确信而

又满意的方向）：

向那炊烟直立的人类聚居的、繁殖之处

是有那么一个方向的

向那和天相接的迷茫一线的远方

是有那么一个方向的

向那

一轮赤赤地炽火飞爆的清晨的太阳！——

是有那么一个方向的。

    佝偻着腰

匍匐着屁股

坚持而又强进！

四十五度倾斜的

铜赤的身体和鹅卵石滩所成的角度

动力和阻力之间的角度，

互相平行地向前的

天空和地面，和天空和地面之间的人底昂奋的脊椎骨

昂奋的方向

向历史走的深远的方向，

动力一定要胜利

而阻力一定要消灭！

这动力是

创造的劳动力

和那一团风暴的大意志力。

　　脚步是艰辛的啊

有角的石子往往猛锐地楔入厚茧皮的脚底

多纹的沙滩是松陷的，走不到末梢的

鹅卵石底堆积总是不稳固地滑动着（滑头滑脑地滑动着），

大大的岸岩权威地当路耸立（上面的小树和草是它底一脸

威严的大胡子）

——禁止通行！

走完一条路又是一条路

越过一个村落又是一个村落，

而到了水急滩险之处

哗噪的水浪强迫地夺住大木船

人半腰浸入洪怒的水沫飞漩的江水

去小山一样扛抬着

去鲸鱼一样拖拉着

用了

那最大的力和那最后的力

动也不动——几个纤夫徒然振奋地大张着两臂（像斜插在

地上的十字架了）

他们决不绝望而用背退着向前硬走，

而风又是这样逆向的

而江水又是这样逆向的啊！

而纤夫们，他们自己

骨头到处格格发响像会片片迸碎的他们自己

小腿胀重像木柱无法挪动

自己底辛劳和体重

和自己底偶然的一放手的松懈

那无聊的从愤怒来的绝望和可耻的从畏惧来的冷淡

居然——也成为最严重的一个问题

但是他们——那人和群

那人底意志力

那坚凝而浑然一体的群

那群底坚凝成钢铁的集中力

——于是大木船又行动于绿波如笑的江面了。

一条纤绳

整齐了脚步（像一队向召集令集合去的老兵），

脚步是严肃的（严肃得有沙滩上的晨霜底那种调子）

脚步是坚定的（坚定得几乎失去人性了的样子）

脚步是沉默的（一个一个都沉默得像铁铸的男子）

一条纤绳维系了一切

大木船和纤夫们

粮食和种子和纤夫们

力和方向和纤夫们

纤夫们自己——一个人，和一个集团，

一条纤绳组织了

脚步

组织了力

组织了群

组织了方向和道路，——

就是这一条细细的、长长的似乎很单薄的苎麻的纤绳。

　　前进——

强进！

这前进的路

同志们！

并不是一里一里的

也不是一步一步的

而只是——一寸一寸那么的，

一寸一寸的一百里

一寸一寸的一千里啊！

一只乌龟底竞走的一寸

一只蜗牛底最高速度的一寸啊！

而且一寸有一寸的障碍的

或者一块以不成形状为形状的岩石

或者一块小讽刺一样的自己已经破碎的石子

或者一枚从三百年的古墓中偶然给兔子掘出的锈烂钉

子……

但是一寸的强进终于是一寸的前进啊

一寸的前进是一寸的胜利啊，

以一寸的力

人底力和群底力

直迫近了一寸

那一轮赤赤地炽火飞爆的清晨的太阳！

一九四一，十一，五。方林公寓。

选自《无弦琴》

希望社，1942 年

作家的话 ◈

诗是一团风暴的进行。

当风暴来了的时候，死寂的世界突然呼吼起来，激动的枯林要飞跃而去，——就是那青青的山峰，也将一一拔尽的样子，没有永恒的沉默，没有永远的沉静。

世界动了，整个在同一个旋律里。

诗是复活的伟大力量。

诗也是摧毁的伟大力量。

当风暴来了的时候，枯木连根从土地一拔而出，黄叶连枝从森林一扫而空，巨大的岩石也高高地飞起云中，然后再从那云中作一瞬万尺的急降，把自己跌的粉碎化作四面飞迸的火星，也打烂了那个正和它接触的哲学的秃头。……

《箭头指向——》

评论家的话 ◈

阿垅的名篇《纤夫》对于纤夫劳动生活做了特殊的概括……这是一幅历史性的悲壮场面，它对于力的搏斗的永恒的描写，犹如这些参差不齐的诗行所表达出来的力量、呼吸以及人体动作的错落，它的延伸与短促所造成的内在旋律与听觉间的抑扬顿挫，特别是它锲入现代人的劳动生活所传达出来的真实的力度和美感，都是格律诗所难于达到的，更是那些民歌体所难以实现的。

谢冕：《献给他们白色花》

戴望舒
我用残损的手掌

　　戴望舒，1905 年生于杭州，祖籍南京。1923 年入上海大学文学系，1925 年转入上海震旦大学。1922 年开始写诗。曾受法国象征派诗人影响，前期的诗轻盈流丽，重象征、意象，情调惆怅，诗意迷茫，代表作有《雨巷》《我的记忆》《乐园鸟》等。是 20 世纪 30 年代"现代派"代表性诗人。抗日战争全面爆发后南下香港，任《星岛日报》《珠江日报》《大众日报》副刊主编。日军占领香港后被捕入狱，备受折磨。此期诗风变为厚重、刚健，代表作《我用残损的手掌》等，洗练沉郁，爱国之情深挚感人。1949 年 3 月到北平，任华北大学第三院研究室研究员。1950 年死于哮喘病。

我用残损的手掌

摸索这广大的土地：

这一角已变成灰烬，

那一角只是血和泥；

这一片湖该是我的家乡，

（春天，堤上繁花如锦障，

嫩柳枝折断有奇异的芬芳，）

我触到荇藻和水的微凉；

这长白山的雪峰冷到彻骨，

这黄河的水夹泥沙在指间滑出；

江南的水田，你当年新生的禾草

是那么细，那么软……现在只有蓬蒿；

岭南的荔枝花寂寞地憔悴，

尽那边，我蘸着南海没有渔船的苦水……

无形的手掌掠过无限的江山，

手指沾了血和灰，手掌粘了阴暗，

只有那辽远的一角依然完整，

温暖，明朗，坚固而蓬勃生春。

在那上面，我用残损的手掌轻抚，

像恋人的柔发，婴孩手中乳。

我把全部的力量运在手掌

贴在上面，寄予爱和一切希望，

因为只有那里是太阳，是春，

将驱逐阴暗，带来苏生，

因为只有那里我们不像牲口一样活，

蝼蚁一样死……那里，永恒的中国！

一九四二年七月三日

选自《戴望舒诗全编》

浙江文艺出版社 1988 年版

作家的话 ◈

诗的存在在于它的组织。在这里，竹头木屑，牛溲马渤和罗绮锦绣，贝玉金珠，其价值是同等的。

西子之所以美，东施之所以丑，并不是捧心或颦眉，而是他们本质上美丑。本质上是美的，荆钗布裙不能掩。本质上丑的，珠衫翠袖不能饰。

诗也是如此，它的佳劣不在形式而在内容。有"诗"的诗，虽以佶屈聱牙的文字写来也是诗；没有"诗"的诗，虽韵律齐整音节铿锵，仍然不是诗。只有乡愚才会把穿了彩衣的丑妇当作美人。

说"诗不能翻译"是一个通常的错误。只有坏诗一经翻译才失去一切，因为实际它并没有"诗"包含在内，而只是字眼和声音的炫弄，只是渣滓。真正的诗在任何语言的翻译中都永远保持它的价值。而这价值，不但是地域，就是时间也不能损坏的。

翻译可以说是诗的试金石，诗的滤罗。

不用说，我是指并不歪曲原作的翻译。

把不是"诗"的成分从诗里放逐出去。所谓不是"诗"的成分，我的意思是说，在组织起来时对于诗并非必需的东西。例如通常认为美丽的辞藻，铿锵的音韵，等等。

并不反对这些辞藻、音韵本身。只当它们对于"诗"并非必需，或妨碍"诗"的时候，才应该驱除它们。

《诗论零札》

评论家的话 ◈

1938年至1947年，望舒旅居香港，他的诗都发表在香港报刊上，我很少见到。1948年，他回上海，把战时所作诗25首，编为《灾难的岁月》，由上海星群出版社印行。这是他的第四本诗集。望舒在香港，在一个文化人的岗位上，做了不少反帝、反法西斯、反侵略的文化工作。他翻译了西班牙诗人的抗战谣曲，法国诗人的抵抗运动诗歌。他自己的创作，虽然艺术手法还是他的本色，但在题材内容方面，却不再歌咏个人的悲欢离合，而唱出了民族的觉醒，群众的感情。尤其是当他被敌人逮捕，投入牢狱之后，他的诗所表现的已是整个中华民族的爱国主义和民族气节了。

……我以为《望舒草》标志着作者艺术性的完成，《灾难的岁月》标志着作者思想性的提高。望舒的诗的特征，是思想性的提高，非但没有妨碍他的艺术手法，反而使他的艺术手法更美好、更深刻地助成了思想性的提高。即使在《灾难的岁月》里，我们还可以看到，像《我用残损的手掌》《等待》这些诗，很有些阿拉贡、爱吕雅的影响。法国诗人说：这是为革命服务的超现实主义。我以为，望舒后期的诗，可以说是左翼的后期象征主义。

施蛰存：《〈戴望舒诗全编〉引言》

端木蕻良

初　吻

端木蕻良，原名曹京平，1912 年生于辽宁昌图。早年在天津南开中学读书时组织新人社，出版文艺刊物《人间》和《新人》。后因组织"抗日救国团"被学校除名。1932 年在清华大学历史系读书时，参加中国左翼作家联盟，主编机关杂志《科学新闻》。1933 年在天津写了第一部长篇小说《科尔沁旗草原》。1935 年到上海，"八一三事变"后先后在山西临汾民族革命大学和重庆复旦大学任教，并编辑《文摘副刊》。1940—1942 年在香港编辑《时代文学》杂志。1942 年以后在桂林、遵义、重庆、武汉等地主编《文艺杂志》和《力报》《大刚报》等副刊。1947 年任教于长沙音乐专科学校，1948 年秋在上海主编《求是》和《银色批判》。1949 年后迁居北京。1996 年去世。著有长篇小说《科尔沁旗草原》《曹雪芹》，中篇小说《江南风景》，短篇小说集《憎恨》《风陵渡》等。

鸟何萃兮蘋中，罾何为兮木上。

我父亲的静室是很宽大的，但他不常在里面，他常在的地方是会客室和下书房。

他虽然不在静室里，但这里的东西，每天都由专人来擦抹揩拭。香炉里的檀香，每刻都不熄，神橱里的长明灯也永远点着。这静室的南面，是个大炕，炕上铺着三寸厚白羊毛毡，毡上蒙着蓝哈拉全镶沿黑云子卷的炕蒙子，蒙子上面铺着一层香黄色的西藏驼衬绒。衬绒上摆着成对的云龙献寿黄缎靠枕，下边还铺着两块瓦合叶的千针行的厚褥垫，也都是清一色黄丝绒夹线的百蝠宫缎做的。炕的中间，横放着一张琴桌，桌子是铁梨木的，上面铺着黄绸子，从两边垂下来。桌上放着木函的经卷：《楞严经》《妙法莲华经》《大悲宝忏》《地藏菩萨真经》《金刚经》《达道图》《随坛经》《太阳经》。还有《堪舆指归》《秘本龙山虎势全图》《地学发微》，还有一些手抄本的诗集。

我父亲最宝贵的书是《悟世恒言》。凡是有母鸡打鸣了，或是街西头老王家芦花灰鸡下了个软皮蛋，或者天上出了个三环套日，或者月亮周围出了个双晕，我父亲就打开这本《悟世恒言》，用朱笔在上面勾了双圈。越重要、越灵验的，圈儿勾得越多。然后用墨笔在行间写上："某年某月某日验于壬癸方"，或者写上："某年某月某日某地怎么了，后多少日果验"等字样。

父亲的静室靠北面，有三个佛龛，正中的高些，两边的矮一点，都是描金透珑的佛橱，橱前静悄悄地悬着日月光明百宝法幢旗，飞龙舞狮祥云结彩幡。橱里画着一排紫竹林，衔着一串珠子的飞着的金翅鸟。坐在九节莲花上的观音大士像，全是用赤金叶子铸了的。橱前还有一个白色的玉观音，腰肢向一边扭转着，除了一些珍珠缨络外，身上是裸着的。佛橱上还有父亲用竹子刻的自制对联："观入空潭，云影花光都是幻；音出虚谷，玉台明镜本来空。"横在上面的四个大字是："得自在天。"

　　我常常到静室里去，都是等父亲不在家的时候才走进去。我去静室里的次数一定比我父亲多，但他都不知道。这静室里的每一件法器，每一张佛像，或是每一枝香花，都是我熟悉的。差不多我闭着眼睛，都可以看见它们。每样东西，我都用手摸过。凡是可以掀开来看的，我就看到里面去，看看里边还有什么。我知道好些事物，譬如那个古铜的法铃里的小锤，也是一个小铃铛；西藏传来的披着紫甲的瓷金刚，背后的火焰是活动的，拿下来也可以。檀香香面子，是用来点着了熏的，焚香的铜炉是宣德年间的。插杨柳枝的花瓶的鹦哥绿，釉子的光彩像刚刚被水淋过似的，那白玉半裸的观音，上面还题着两句词："登欢喜地，现自在身。"下边刻一个蛛丝篆的小红印章，是"玄石"两个小字。桌上还有父亲的大铜仿键子，拉直了是个长键子，用来镇纸。笔洗旁边是两只螃蟹，水放得正合适的时候，螃蟹的眼睛里就透出两粒小水珠儿来，像是活了一样。

　　但是，这些我都不大注意，我的心专注意在一张画像上，这张画像曾使我迷离恍惚了。我常常做颠倒了事，都是为了她；常常如醉如痴，也是为了她；常常听不见母亲在房里喊我的声音，也都是为了她。我那时才整整八岁，已经会在父亲的藏书室里偷偷看过许多奇奇怪怪的书了，而且非常的懂，非常的明白。但是，却不知道这张画画的是谁的像。那画上面写着"戊辰年桂月熏沐敬绘"，下面的小印是鸟虫书，我不认识，我也不能找人去问。在我父亲的静室里，只有这张画，是我没有用手摸过的。我仿佛用眼睛看还来不及，已经想不起用手去摸了。我仿佛被什么迷住了，仿佛有千奇百怪的珍珠宝贝，摆在我的面前，使我不知道先去触摸哪一件是好了。我常常怔在那儿用眼睛盯着她，我觉得我最愿意看这张画。我虽然还很小，但是已经很会看女人了。

那时，我哥哥正在闹婚潮，全城好看的姑娘的庚帖，都往我母亲手里送，灶君爷板儿上的八字帖子，都压满了。我母亲常常带我偷着去相看人家的姑娘，那些姑娘们，总是预先被她们的妈妈，或是姨娘姊妹们打扮得漂亮而不露痕迹。差不多每次都是由她们的亲属，寻找出一个或一个以上的理由，使姑娘出来给我母亲装烟倒茶，或者要我们吃点心；假如再熟了一点儿的，或者论起来还沾着一点儿亲戚的，那些姑娘们，还会赶着向我母亲叫二姑，或者经她娘家来论亲，就叫我母亲二姨，还得陪在旁边谈些好听的话儿。大概总是把那最好听的讲完了之后，她的母亲就给她一个眼色，使她走了，免得再求好，反落了包涵。有的聪明的母亲，事先总使自己的女儿稍稍知道一点儿，使她知道这事对她是过分的重要，这事才是她生命的开端。所以早早就暗示给她，让她答对得好一点儿。有的姑娘虽然知道了，还得装出不能脸红，因为要是脸红了，便是说她已经知道，这是相亲来了，而知道了还出来装烟倒茶，不是太脸儿大了吗？所以就不能脸红。但是，当我母亲有时要拉着人家的手看的时候，她才可以脸红，但红到什么程度，这要看拉手时说的什么话了。要是母亲说："这手生得真巧，一定是镶接沿啦的都会做！"这时，那个被相看的姑娘，脸上可以微微一红，但还得站在一旁伺候着。要是母亲稍稍大意一点儿说："这手真是能干儿，一定是个里里外外都打点到的。"这时，这个姑娘的脸得相当红，但还得表示尊重在这里的客人，勉强地站在旁边伺候着，不过等不了多久，便可以掀开门帘回到自己房里去了。倘使她不脸红，便是太不机灵了；倘使她不离开，便是她很满意，要嫁了。如果这家姑娘是和我们家有过交往的，或者是厮熟了的，这些姑娘有时便拉着我的手，到她们自己的房里去吃果子，或者唠闲嗑儿，问长问短，总是把最温柔的事物询问出来。但是，这些都是极含蓄、极细微、极不容易听出马脚来的。因为她们知道，我母亲回到家里要询问我，问她们问我的都是些什么话儿。她们都知道这一着，所以准备了许多话。好使我母亲从我嘴里听起来对她们有更好的印象；或者她们做出很细微、很幽美的事物，能使我记起来告诉母亲。每次相看了一个姑娘，要是有几分中意了，我母亲便要我给哥哥写信，信写得很详细，尤其是对那姑娘的长相、身段和家世，都是由我母亲叮咛了又叮咛，嘱咐了又嘱咐，写得满满的。

我差不多统统知道了女人们的秘密了，因为我日久天长的在女人堆里，她们有什么事我都知道了。她们什么都不避讳我，我从她们的话里，知道了多少平常想象不到的事，我从她们的动作里，看见许多别的动物所从来没有过的动作。我知道她们在窗子外面说的话和在窗子里面说的话怎么两样，我知道她们嘴里说的话和心里想说的话怎么两样，我知道她们想要做的和故意做的怎么两样，我知道她们已经做了和还要做的怎么两样，我知道她们嘴里喜欢的和心里喜欢的怎么两样，我知道她们敢喜欢的和不敢喜欢的怎么两样，我知道她们装出来的喜欢和装出来的不喜欢怎么两样，我知道……

但是，这些女人都没有画上的那个女人使我惊奇。我简直糊涂了，我像走进了一种魔道，我不能战胜那种魔道，而且我也不能说清楚那魔道是什么，或者我简直也不知道那魔道到底是些什么，对我要发生些什么，甚至已经发生了些什么，我都不能够理解或者知道。总之，我是着了迷了。我那时正随着我姑姑们的国学老师作诗，我虽然是个小孩子，但已经会作绮情诗，我作的诗是："谁家玉笛暗飞声，坐弄飞音惹恨潮。调寄同情应沾臆，同情最是海天遥。银灯共照人不共，余音坐涌心花焦。……"五十多岁的老师，会打扬琴、会弹筝，对我非常器重，常常在我父亲面前称道我，所以我小时候差不多有了神童之誉。又能画画，又能吟诗，又能写酬拜的信。我父亲有时写信，都找我代笔。我哥哥们的才华都不如我，有许多人求我画画，有许多人见着我，对我父亲说："虎门无犬子"、"雏凤清于老凤声"，所以，我父亲最喜欢我，常常对我讲一些超过我年龄所能理解的心里话。但是，自从我作了那首诗之后，我姑姑们的老师，有一次对我姑姑们说："他还是一个小孩子，最不应该发哀凉之音……这话应该对他说明。"他的意思是说：在这样小小的年纪，便作哀怨之思，长此以往，当非福寿之辈……不过，他不便说出口来。我小姑姑不明白，还偏偏问他："他的诗作得好吗？"老师点头道："诗作得绝顶的好……"我小姑姑便回来傻乎乎地告诉我："老先生说你的诗好得透顶，你好好地、多多地作吧！"我听了便喜欢。从那以后，我便作两种诗，一种是给先生看的，一种是给我自己看的。

那时，我到处去翻我父亲的诗来看，我想看更多的诗，我知道人家七岁就能诗，我现在已经太晚了，我想作得更多、更好，成为一个真正的神童。我到处去找诗。有一天，我忽然在父亲书桌的抽屉里，找出一些没头没脑的诗来，也不知是谁作的，也不知道是什么时代的本子，也不知道写的是什么诗，那诗是这样的：

暂到瑶台病客忙，梦中重改旧诗章。

月明露冷君仙散，唯有飞琼爱许郎。

宝髻蓬松翠袖斜，寻芳暂驻紫云车。

九花妃子尘心动，掇尽人间碧奈花。

眉娘新试道家装，不愿金环赐凤凰。

海上紫云齐拥护，月宫同待舞霓裳。

玉虚同宴遇仙姑，赐我灵飞六甲符。

火枣冰桃都不食，殷勤只欲觅羊珠。

我压根儿不懂这诗是什么意思，但我看了之后，就有几分不快之感，连忙把诗合上，便走开了。走了几步，我又转回来，把诗详详细细地又看了一遍，这才决定再也不来看了，便默默地走开了。

那一天，我觉得有点儿头痛，我母亲问我怎么的了？我说没什么。晚饭我吃得很少，我母亲摸摸我的头很热，便拉着我的手，问我到哪儿去了？她想知道儿子是不是遇到了什么"撞克"。我有些生气，便说："我作诗作累了。"我母亲听了，便骂我父亲："什么神童玉女的，天天胡扯！听你父亲放任你们，哪里有这样小小的孩子，天天就会咏诗作画的？人家放牛的孩子，这样大小，还只会打滚儿呢，哪有这样大的孩子，就要知道天下事呢？……"于是，就让我五姑姥姥的女儿灵姨，领我出去玩，并对灵姨说："你领兰柱到花园里去玩去，他一定是关在屋里闷得慌了，哪有这个道理，明儿个我把你的诗本子、画册儿，叫人都拿去烧了！"

我完全忘了诗的事，我和我的灵姨玩得很好。我们到后花园的水池去弄水玩，因为水已经给落下的花瓣儿盖满了，我们用树枝儿把水面上的花瓣儿拨开，向水里面照，我们俩约定，谁也不看谁，只是在水里看着彼此的脸，我在水里向她笑笑，她也在水里向我笑笑；我向她皱鼻，她也向我皱鼻；我向她做鬼脸，她也向我做鬼脸。总之，我们俩谁也不看真正的谁，只看水里映出的影子。我们做了许多花样，玩腻了，便去采杏花。

我爬到最高的枝子上，想把一枝开得最爆的杏花剪下来。但灵姨却一定要我剪下那枝苞儿最多的，她说那枝插进瓶里不容易谢，可以开好几天呢。我说花枝多得很，谁还等它慢慢开？今天插了开得最大的，明天谢了，不会再剪一枝吗？天天开得火爆爆的该多好？但是，她说："不要糟蹋那花儿吧，那花儿一年开一次，也不容易呀，怎能抢着空儿来糟蹋呀！"

我骑在树干上，一声不响，还是去剪我自己选的那一枝。灵姨见我仍然去剪那枝开得最火爆的，便和颜悦色对我说："好孩子，你剪那枝带骨朵的给我，我抱你下来。"我鼓着腮帮子说："我才不稀罕你抱呢！"我挺能爬树，多细的树，我也能爬到顶上去，直到树顶都摇晃了。但是，我想了一下，便说："你真的抱我呀？"灵姨说："不骗你，我一直把你抱到妈妈的炕头上，放在妈妈的怀里，叫妈妈拍着你睡觉。"我听了，便再向上面爬，去剪那骨朵最多的枝蔓。我剪下来后，招手要灵姨到下面来接我。当我要落地的时候，灵姨抱过来接我，我一只手勾住她的脖子上，她从树上把我抱了下来。

我还有点儿不高兴，便把杏花向她身上一推说："你的花，给你吧。"我的手正碰在她的胸部，我觉得有什么又软又滑的感觉。我有些奇怪了，向她的胸部注视了一下，灵姨的脸微微的红了，小声对我说："好孩子，下来自己走吧！"本来她答应的话是把我抱到妈妈那里的，现在她变卦了。我是可以纠缠她的，一定要她把我抱到妈妈那里去，到了妈妈那儿，我可以告她，说出我的道理怎样怎样，好让妈妈评评理，她为什么改变主意，不抱我回来了。但是，我没有这样做，我好像有了罪似的，也严肃了一会儿，迷惘地从她怀里落下地来。不过，灵姨马上就活泼起来了，和我商量着这些蒸馏水儿插哪个花瓶好看，瓶里要装池子里的水，不能放井水，那些茸枝要剪来等待。她拉着我的手，一边谈着，一边向正房走。快到正房了，她问我头是不是还痛？而我却早已忘记了这回事，便问她："是我方才头疼了吗？"她用尖尖的手指画着我脸羞道："不是你疼，难道说是我疼吗？"我把她拉着我的手使劲地摆了一下说："都是我妈妈说的，我没说头疼。"灵姨说："二姑以为你画画儿画多了。"我拉住她的手停在那儿问她："灵姨，明儿个我给你画一个像，好不好？"灵姨用手端起我的下颏，深深地看了我一下，笑着说一声："好！"

我很高兴，一直跳到妈妈那儿去要花瓶，要大剪刀，要池子里的水……和灵姨忙了大半天，把花儿供在妈妈房里。妈妈在那儿弄麝香丸，不大搭理我们。我们只顾弄花，也不大搭理她。

我很疲倦，很早就睡了。夜里我做了一个很奇怪的梦，一五一十的对妈妈讲，但有一些又记不起来了，于是又睡着了。我似乎觉得身子向下沉落，一会儿比一会儿沉落下去，我似乎觉得我陷落在软绵绵的什么里边。我睁开眼睛看看，眼前白茫茫的一片，我用手指轻轻地去触动一下，觉得有一些儿香，又有些儿腻。花，是花。桃花、杏花、梨花……是一片花的海。

我家住在杏树园子胡同，前边、后边、左边、右边到处都是杏花，还有李花、梨花、樱桃花。杏花最多，杏花有洋巴旦杏、桃核大杏、白杏……梨花有香水梨、白梨、凤梨、马蹄黄、红绡梨……最多的是香水梨。这些花儿都约定了在同一天开，开得像雪盆似的，杏花的干子像蓝色的烟雾，蓝苍苍的，花朵儿便从这上面浮出来，越浮越多，像肥皂泡沫似的突然淹没了蓝色的海，眼前什么都看不见了，只是一片白。桃花也是白的了，樱桃花也是白的了，杏花也是白的了，李子花也是白的了，白的烟雾喷上来，就像一团浪花，怦然碰在礁石上，就这样的擎立在天空上，忘记了落下来。白色的花朵毫不吝惜的绽开来，毫不吝惜的落下来，一阵风丝儿吹过，一只小鸟儿弹腿，花瓣儿便哗哗地落下来，像洒粉似的落下来。池塘的青色便不见了，都被花瓣儿盖满了；小道也被花瓣儿盖满了，人们便践踏着花瓣儿走过。

在我的窗子上，我什么都看不见，只看见白色的什么压下来，一直扣到我的脸上、眼上、手上、心上，团团地围绕着我的都是白。我几乎不能动了，我似乎被一些什么软绵绵的东西缠住了，我闻不到什么香气，我只觉得有几分凉爽，又有几分烦躁，像埋在春天雪地里的小虫似的，我想翻出土去透一下气，又觉得这柔软的土，是这样温暖，舍不得出去。

我迷惘地、没有思想地躺着。云彩向我飞来，天空向我飞来，云彩从我胸部腹部飞过，天空从我的胸部腹部飞过，流水在我的耳畔哗哗响着，把我带到很远的远方，白色的冰的花朵向我开着，白色的柔软的绒毛摩擦着我，很快地，我向下沉落下去，我大声的喊了起来，便醒转来了。我把头拼命地向被子里面缩进去，我蜷缩在被子里，轻轻地发着娇声喊妈妈。在清早起床，我不管是叫谁，第一声总是叫妈妈，而且不管是谁来服侍我，都不如我的意，只有妈妈来服侍我，才是最好的。但是妈妈来服侍我的时候是很少的，通常都是保姆来服侍我，这就是我一天不快活的根源。倘若我在被缝里看见是保姆来了，我就发脾气找碴儿，不是她这儿不对，就是她那儿不对，而且捡着什么就扔什么，一点儿也不听话。倘若我在被缝里看见是妈妈过来了，我便撒着娇儿和妈妈歪缠，在被子里打滚儿，很难得起来，冬天便说要烤衣服，夏天就闹着要洗澡。妈妈很疼爱地亲我、抱我，我就在妈妈怀里揉来揉去，不肯马上穿衣服起来，像有一团热雾似的妈妈的脸向着我，我把脸贴在妈妈胸上，尽说些怪话，告诉我昨夜梦见什么了，今天要吃什么了……妈妈很快地就要我别胡闹。她把眼睛放得正经起来，告诉我昨天什么什么不对了，今天应该怎样怎样才是对了。因为我父亲放任我们，所以妈妈便严厉地管教我们。妈妈的眼睛一正经看着我，我就生气，而且不希望她再来了，我就埋怨她。妈妈发现我不高兴，便再好好地周旋我。待我缓过气儿来，就去料理家务了。我总是因为妈妈不好好和我玩而生气，妈妈的忙和妈妈的道理，对我都没有用。但是妈妈总以为她是对的。父亲该多好，什么都随着我们。父亲要是妈妈该多好，妈妈的眼色要是不会变该多好……

我醒转来，就叫妈妈，一声连一声地叫，把头缩在被子里不出来，我决定：一定要妈妈走来，我才答应把头从被子里伸出来。我迷迷糊糊地滚在软松松的被子里，觉着有些热，又有些急。忽然，我觉得妈妈坐在我的旁边了，我真开心极了，闭着眼睛伸出手来一把抱着妈妈，就去亲妈妈的嘴唇，把头偎依在妈妈怀里说："妈妈，我做了一个梦，我梦见和灵姨……"忽然，有一只手推开我，悄声对我说："谁是你的妈妈……"

我睁开眼一看，是灵姨。我就更歪缠地扑过去："是我妈妈，你就是……"我看见灵姨撇撇嘴，啐了一口道："谁稀罕！"然后脸上现出机伶的笑，眼光深深地看进我的眼睛里。她看出来我不懂她的话，便顺着我的视线，看过我这边来，用头顶门儿顶着我的头顶门儿，腾出手来给我穿衣服，我便和她打呀，闹呀，揉呀，搓呀，腻够了，听见妈妈喊我们了，埋怨我们穿衣服怎么穿得这么久？灵姨用眼睛瞪了我一下，我们才算穿好了衣服。

我很久不进爸爸的静室里去了，那一天黄昏的时候，我偷偷地走进去。外边院子好像已经昏暗了，但南园子的花光还是亮的，反映过来，仿佛这静室里也是亮的。

突然，我又看见了那幅令我着魔的画像。那画用淡湿的杏色绢裱的，画又细又长，下边用紫檀木作画轴，画的顶上还垂下一串珠珞的缨子来。

我的脸发烧，心也扑扑地跳，手也不听使唤了。我好像是第一次看到这张画，这画很高，我便把香案上的香炉搬开，从紫檀凳子上爬上去，站在香案上细细地看。

我第一次站得这样高，第一次站得和画像上的人的脸一般高。那是一张古装美女的画像，下面好像是烟雾，又好像是水……仿佛她是走在水上，又好像是立在烟雾里，她脸上含着轻愁，又似乎在微笑……我着迷了，不知为什么，我靠近她，和她轻轻地亲嘴……

迷迷惘惘地我走出了那间宽大的静室，我回头看了一下，我觉得更大了，觉得她和我有些儿陌生，但是，她又和我有一种神秘的联系。一种说不出的迷惑，我痴痴地说不出，也想不出……就是那天，我病了，发着高烧，还常常发着呓语……

当我清醒过来的时候，非得妈妈来伺候我不可。我的大嫂为了减轻妈妈的疲劳，要替妈妈来看护我，我便把东西掷过去，不许她进来，亲戚邻居来看我，我都不让他们进来，只许妈妈和我在屋子里，别人送东西，都送在外屋。我把豹皮铺在炕上，太师椅放在炕上，炕也是床，也是地下，我要坐起来，就坐在太师椅上。我从窗子里向外看着白云似的花儿……妈妈伺候我吃药，灵姨有时也到窗外来看我……

大夫不知道我到底闹的什么病，他告诉我母亲，说这是"苦春"。我妈妈慌了，问大夫怎么治才能好？大夫说："立了夏就好了，您看鹅毛飞不起来的时候，小少爷的病就好了。"

到了夏天，我病好之后，我的二哥就一定要我到天津去念书，我妈妈虽然舍不得我走那么远，但她怕不依着我，我又生病，于是就答应下来了。

……　……

三年之后，我又生病了，我哥哥叫我停学回家去休养。那时我已经踢得一脚好足球，玩得一手好杠子了。我回到家里，正是大秋天，和我大表哥——大祥哥天天到大地里去玩。我从未接近这大地，现在真是心花怒放……觉得什么都是好的，什么都是神奇的。十四岁的男孩子愿意骑马就骑马，愿意打枪就打枪，坐在拉粮车上，放飞似的跑，躺在黄金的禾秆上晒太阳，拿起青脆的大萝卜，摔在地上裂开来吃，在地头上摊开"铺子"烧毛豆吃，捉住小鸡放在火上烤……站在小岗上，从地这头向那头喊，打着小鞭子"咔、咔"的响，骑着没有鞍子的马在斜坡上往下放……

我的家，在我眼前都变了。从前我所能看见、所能想到的，现在却很少看见、很少想到了，我现在看的、想的，都是我从前看不到、想不到的。这是一个新世界。

有一天，我一个人打着脆轻轻的鞭梢，在田里跑，看见那愣头青的大蚂蚱在我面前小鸢鹰似的飞旋着，我一定要捉住它。我捉住蚂蚱后，便把它的翅膀拉下来，外边那层硬翅不要，我要里边那层新绿色透明的薄翅儿，拉下来后，便把秫秸里边的瓤儿，用指甲掏空了，把透明的翅膀放在里面保留下来。

我在草棵里，又蹿出一只呱呱青的大蚂蚱来，它飞起来真像只漂亮的绿燕子，可是又骄傲得像只小飞鹰。我跟踪着它，把方才收集到的那些各色各样的珍贵奇异的翅子，那些费了我多少机智捕获到的，放在太阳底下放光、放在月亮底下发亮的翅子，都抛到九霄云外了。我就要这一个，最好的这一个，没有这一个，那一切好的都是多余的，对我都是没有丝毫价值的。

我跟踪那骄傲的蚂蚱儿，它是多么快活、多么得意，它刚刚落下来就又飞起，飞了一个抹斜的半圆，又飘飘地飞起来，往上折，往上折，又猛地跌下来，再兜一个圈子翻上去……我看得清清楚楚的，这透明的、闪耀着欢乐光芒的翅子，等一会儿就是我的了，我要轻轻地摘下它……

那蚂蚱飞得恁快，转眼已经飞过壕沟去了。秋天的田虽然割了，但垄上还是不太好走的，因为每条垄都没有破坏，都比较高。我拔着红色的靴子在一望无际的大野里追逐着。我把白绒短上衣拿在手上，预备用来捕捉它。

那蚂蚱飞翔得更美，圈子兜得更圆，一会儿又飞到我身边了。我抖起衣服，一下子扑过去，扑着了。我慢慢掀开铺在地上的衣服，怕它得着空子突然飞走了。但等我把衣服都掀起来的时候，却什么也没有，什么都不见了。我就势在白上衣上躺了下来，一动也不动，太阳懒洋洋地晒在我身上。各色各样的蚂蚱，在田野里飞舞。紫色的、土色的、黄色的、苍绿色的、花蛇色的……穿梭似的飞舞。但我一眼就看见了我追捕的那一只。我立即跳起来，轻轻地绕过田垄，它向一个草垛上面飞去，落在地窖旁一棵特别长的青草上，我一扑又没扑到。这回它落到一个小草堆的尖顶上，我毫不犹疑地向尖顶一身纵去，我把全身都投到小草堆上，草堆立刻陷落下去，我的头已经探过草堆这边来了。我看见一个姑娘，这姑娘有点像画上的像，又有点儿像灵姨的模样，把她吓了一跳。她本来是坐着在编织着什么，现在连忙想站起来，但一看出是我，便又坐下了。她又惊又喜地睁大了眼睛看住我，但是眼睛马上变小了，脸上露出一种顽皮的笑："你没捉住蚂蚱，你捉住我了。"

我一个鹞子翻身翻过去，偎在她旁边，急急地说："灵姨，怎么会是你呢？"她带着几分幽怨的样子说："为什么不会是我呢？"

我问她为什么不去看我？住在哪儿？为什么没有听到她一点消息？为什么不知道我回来了？……我问她："你为什么不去看我妈呢？"提起我妈妈，她脸上显出自嘲的笑容来，然后还是用马莲仔仔细细地编织手上的东西。我说："灵姨，你为什么不搭理我？难道你不跟我好了吗？"

灵姨正把一截马莲放在嘴里咬着呢，听了我的话，便捧过我的脸儿来，把眼秀媚地眯缝着，用牙使劲地把马莲咬了一下，说："你长大了，你长得好高，我几乎不认识你了。就你一个人来的吗？谁跟着你呢？"我说："就我自己的，我特意找你来的，我就知道你一人在这儿。"但我心里真难过，假如我真的知道她一个人在这儿，而我是特意来看她的该多好。灵姨意味深长地一笑，妩媚地看了我一眼，等了一会儿才说："你不知道的还多呢，你太小了啊……"然后又对自己嘲讽地笑了一下。我有点惶惑，急急地在她脸上身上看着，想看出一些什么不同来。灵姨比以前更漂亮了，脸上的红潮更涌了，她的上唇中部，尖得特别分明，她的嘴唇在动的时候，像是活了似的。她的嘴唇在翕合的时候最好看，像一粒滚着的红樱桃；她的胸部比以前更突出了，仿佛有一种温柔的风，吹进她的衣裳里，把衣裳胀满起来了。她把她做的一个小马莲垛儿，放在我手心里，然后把我的手指按下去，叫我握住。

我有点发慌，觉得她一定是要走了，我急忙拉住她的手，我说："你在哪儿住？"她指着地头上那座白房子给我看。我又犯了我的老毛病，和她纠缠起来。我说："不行，你一定得告诉我怎么一回事？"

灵姨叹了一口气，看着我眼里透出愉快的光辉，然后用两手抱了一下膝头，把头放在两膝中间，将脸向上仰着，把膝头轻轻地摇了两下，眼睛向上看着我，嘴儿仍旧紧紧地闭着。等了一会子，才幽幽地说："我早就知道你回来了。"

我听了就跳起来，叫着："那你为什么不来看我？灵姨，是我妈妈欺负你了吗？我去问妈妈去，你为什么不在我们家了呢？一定是我妈妈的主意！"

灵姨摇摇头，然后说："小孩子，你什么都不懂，吃了晚饭，你到那白房子里来吧。"说完她并不站起来，反而把身子平铺在草地上，顺手在地上折下一根草秆儿来，一段一段地用指甲儿折着，然后回眸对我问道："好孩子！告诉我，灵姨好不好？"

我爬到她的跟前，还像我以前和她在一起时候那样说："灵姨顶好！我就喜欢灵姨！"我因过于痛苦，止不住热泪迸出，呜呜嗣嗣地大哭起来。她把我的头偎在她怀里，自言自语地说："灵姨不好了！……"用手抚弄着我的头发。她忽然抱着我的头，找我的脸，来和我贴脸，她亲得很使劲，好像在咬我一样。等我抬起头来看时，我看见她两颗大的泪珠含在眼里，然后用一个轻淡的笑把眼泪抹去。她的眼似乎在说："你太小了，你什么都不懂呀！"

我真着急，我真想说："我什么都懂呀，为了你，我死了都可以，什么事我都可以做。"但是，因为我还太小，我只知道害怕和惶惑，而且贪婪地看着她的一切，我完全陷在一个大的迷惘里。……我自己觉得为什么这样不足轻重呢？为什么许多事大人都不告诉我呢？为什么他们都背着我来进行一些奇奇怪怪的事呢？……

灵姨说："你回去吧，可是不要告诉妈妈。"我完全受伤害了，小小的心完全裂开了，我在别人眼里是个小孩子，我恨透了我妈妈，一定是她欺负了灵姨……我小小的心完全开向着灵姨。我像她的保护人一样，我一定给她报仇，不管欺负她的是谁，我都打死她……我还站在那儿不走。

灵姨看见我站在那儿不走，便转过脸儿回到我面前，深深地、静静地和我的嘴，亲了又亲。

　　我觉得我的嘴唇上停留着一种新剥的莲子里那颗小绿心子似的苦味，可是又带着几分凉丝丝的甜味，那软的、带着点儿甜的感觉，还停留在我的嘴唇上，可是我眼里流下的泪水却把它冲咸了……那沉沉的咸味刺醒了我的神经，我才记起应该回家了。灵姨回过头来向我做手势，招呼我，叫我赶快回家。

　　我痴痴地走……她为什么不送我回家？一定是妈妈和她打仗了，我去质问妈妈去。但是后来我想，还是去那白房子之后再说，我带着抑郁的惆怅回家去了。

　　吃饭的时候，妈妈问我今天都作什么玩了？碰到什么人了？我都支支吾吾地混过去。在我手心里，还热呼呼地握着那个编得小小的马莲垛儿。就是在吃饭的时候，我也能闻出它扩散出的清香来。

　　妈妈说我一定玩累了，晚饭后在院子里玩玩就可以了，不要出去了。我都答应下来。潦潦草草的吃完晚饭，我便向老门倌让开了大门，向北地里走去。我走得很快，好像后面有千军万马追上来，要把我拉回去似的。

　　远远地，我便看见了那白房子，我觉得它是那样的远，离我那样的远……我看道上也没有人，也没有阻碍，我很高兴。但是，不一会儿，一个拉草的车，往岔道上转过来，走在我的前面，我想赶过他去，将他落到后面，但是因为我太小，将他落到后面一会儿，他就又赶上来了。他差不多和我并排走了起来，车上草装得很多，两边几乎都拖到地上了。他遮在我前边，使我有时看不见那白房子，心里感到十分气闷。

　　快到那白房子面前了，我的心突突地跳起，而且记起了我自己的嘴唇，一直到现在还觉得有些儿异样，还是有着馥郁郁的热和甜丝丝的凉。我用上牙咬着我的嘴唇，加快地走着。忽然，我看见我的父亲骑着那匹新买的快马，从那白房子的院里冲了出来，他的眼睛凶狠狠地向着草车瞟了一眼，他的脸上布满怒气。那马一扭脖，被我父亲重重地抽了一鞭，便向北奔去了，远远地还听到那烈马咴咴的叫声……

我的全身都战栗了，我不知道为什么，我的身子要倒向地下去，我竭力镇定，我站稳了，我看住那白房子。

拉草车的大爷说："小少爷，你累了吧，上车顶上来吧，你爬不上来，我抱你上去。"

他的最后一句话，激怒了我！我顶不愿意人家说我是小孩子，我气得连理都没理，拔开脚，便向白房子跑去……

灵姨正当着门坐着，嘤嘤地摇纺锤子，看见我，便跳了起来，拉着我的手往外跑。

那时草车正好走到她的门前，赶车的大爷是个聋子，灵姨用手和他比画了半天，便把我拉到车顶上去，我们两个坐在车顶上的草垛里，一摇三晃地走着。

这时，暮色从四面儿上来，远远的村落都变成苍黑色了，灰色的光像雾似的，一会儿比一会儿浓了，我心里重压着什么都说不出来。

灵姨轻声说："你爹爹用马鞭子打了我。"

"他为什么欺负你呢?"但我想到他是我父亲，愤怒的话就在舌头上结住了。

她淡淡地说："因为他又喜欢了别人。"

我一头栽到她怀里，就大哭起来，我伤心极了。灵姨的头发，不知什么时候散开了，暖酥酥地覆在我的脸上。车摇晃着，我哭得不能自已，后来就昏沉沉地在她怀里睡着了……我感到有一种红色的热雾笼罩着我，在暗中，我好像看见灵姨红热的嘴唇在招呼我，我仿佛又听见妈妈爱抚的声音轻轻地唤着我……

一九四二年七月十五日穷一日之力写作，桂林

原载《文学创作》一卷一期（一九四二年九月十五日）

选自新世纪丛书《大时代——端木蕻良四〇年代作品选》

台北立绪文化事业有限公司 1996 年版

作家的话 ◈

我自己在创作过程中，追求四种东西：风土、人情、性格、氛围……

同时，还规定了一个创作的境界："三分风土能入木，七种人情语不惊。"风土是地方志，是历史，是活的社会经济制度，是此时此地的人们的活动的总和。人情是意识的形象，是人格的自白，是社会关系的总表征。性格是一个人社会活动的全体，是意识和潜意识的河流。氛围是一件事物的磁场，是一件事物在人类心理上的投影。一直到现在，我还在暗中摸索着写作的道路。但我天性有一种顽强的固执，从来不信那些低能的批评家的鬼话，我还能够写出来一些东西，唯一妙诀就在这里。

《我的创作经验》

评论家的话 ◈

　　端木蕻良在丧偶之后，经过了半年之久的"苦禅"，突然创作了这两篇小说。其中对"爱"的失落以及忏悔，是否也包含了对自己已失去的妻子——萧红的情感呢？那种失落里的迷茫，忏悔里的自责，如果不是亲身感受，似乎无法表达出那么实在的痛苦淋漓。可以说《初吻》《早春》，不仅是端木青少年时代生活的写实，也是记录了作者初次苦饮人生、苦饮社会的经验。从这儿开始，长期以来环绕着端木对土地的眷恋里又掺和进了对女性的眷恋。而这眷恋里面，表达得最为成功的还是其中的痛苦性和创伤性，这种由于失落而产生的巨大痛苦和创伤所凝聚的内涵，正是《初吻》和《早春》的成就。

　　从《初吻》和《早春》当中可以看到，这个时期，端木过去的那种对失去故土的思念和对老家庭眷恋的情感，已经转化到对"自我"的追寻和反思。《初吻》和《早春》就是作者对"自我"的最初探索。而这种对"自我"的最初探索是从描绘一个贵族少爷的原始的"性"意识开始的。透过这种孩童的纯情——对女性初萌的"性"意识来反映一种失落。而这种失落正表现出了一种挽歌似的情调，在这优美的挽歌当中，端木以现实当中的丑——父系大家长的严酷——来撞击一个孩童幻想里的美，顿时使一颗无瑕的童心，堕入无望的失落和迷茫。从此以后，这种无望和迷茫的挽歌，在四〇年代，始终贯穿了端木的创作。

孔海立：《〈大时代——

端木蕻良四〇年代作品选〉导言》

吴祖光

◈ 明天 (《风雪夜归人》节选)

吴祖光，祖籍江苏武进，1917 年生于北京。1934 年毕业于北京孔德学校，后入中法大学文学系，全面抗战爆发后，辍学赴南京国立戏剧专科学校任校长室秘书、讲师等职，开始戏剧创作，写有剧本《凤凰城》《正气歌》等。20世纪 40 年代，先后任重庆中央青年剧社、成都中华剧艺社编导及《新民晚报》副刊《夜光杯》主编等。这期间发表了话剧《牛郎织女》《风雪夜归人》《少年游》和《林冲夜奔》等，不但内容广泛，题材丰富，而且形式多样，不断追求清新质朴的风格。1945 年起去香港任大中华影片公司和永华影业公司编导，1949 年回北京继续从事电影编导工作，先后改编并导演过《风雪夜归人》《山河泪》《红旗歌》《梅兰芳的舞台艺术》《洛神》《荒山泪》等影片。1957 年反右运动中被错划为"右派"，迁居北大荒劳动 3 年。1960 年回北京后，任中国戏曲学校实验京剧团等单位编剧，创作京剧《三打陶三春》、评剧剧本《花为媒》等。1979年调文化艺术局从事专业创作，同年创作多幕剧《闯江湖》。2003年病逝于北京。

《风雪夜归人》（三幕话剧）写于1942年，由新联出版公司1944年出版。剧本写了京剧名伶男旦魏莲生与妓女出身的官僚宠妾玉春的爱情悲剧。魏莲生出身贫寒，早失父母，后唱戏走红，为达官贵人所喜欢，成了阔佬们消愁解闷的玩物。出身青楼的玉春，同样受尽了人间的苦难。他俩共有的不幸身世，使他们一见倾心。这对风尘知己不愿再作达官贵人的玩物，决定一起出走。但因人出卖，莲生被驱逐出境，玉春则被苏弘基作为"女奴"送给了另一个官僚。20年后，莲生重返旧地，倒毙在茫茫雪夜之中。

本书节选的是第三幕，标题为编者所加。

登场人物 魏莲生　李蓉生　王新贵　马大婶　马二傻子

陈　祥　玉　春　打手数人（不上场）

魏莲生的居停之处。

不是家，魏莲生没有家，因为他"在戏台上尽管红，在台下可是个苦孩子"。他孤苦伶仃，孑然一身，举目无亲。

所以这一间虽然是属于当今一代红伶的住室，悬挂摆设堪称精致的房间，却不免一种光身汉的冷清清的气息。

这是卧室外间的一个厅堂，白粉印花纸糊的墙壁，非常明亮轩敞。左面墙一个门是通卧室的，挂着绿呢子的门帘，门上端悬一块横披，一笔挺拔瘦削的曹全碑的隶书，题了"素室"二字。门右手靠墙摆了一张有斜靠背的红木藤心的长榻，正面墙上挂了一张小中堂，用那种柔媚在骨，清新流走的赵字体写的一首龚定庵的七绝："不是逢人苦誉君，亦狂亦侠亦温文；照人胆似秦时月，送我情如岭上云。"上款题着："书赠莲生词友"，下款无非是什么镂金琢玉楼主阁主之类。

墙犄角的花架子上放一盆素心兰，绿叶纷披，花开了几剪，翘着头，有凌云傲世之态。

正面墙一排窗户，下层糊着白纸；上层糊的是绿色的冷布，纸卷窗帘卷起了一半。窗下摆了四张椅子、两张茶几。

右手两扇格子门，关着，外面是院子。

右面墙壁，挂了两个金边的大镜框子，是魏莲生的戏装像。靠墙放一张长琴桌，上面放了两个帽筒、大花瓶、自鸣钟；右手的帽筒上插了一根鸡毛掸子。花瓶里插着一对雉尾翎子。

四下里零星放了几张圆凳子。

几件戏衣同一根马鞭子，散堆在那张长榻上。

右手屋角放一个鼓架，架着一面单皮鼓；上面还放着鼓签子同一副板子。一个胡琴靠着鼓架子斜立在地上。

茶几前面地上有一双粉红绣花的薄底快靴，一只立着，一只倒着，像是随便脱下来，没有摆好。

因此屋里显着零乱。

早晨八九点钟，外面是晴朗的好天气，窗上洒上了太阳光；细看觉得太阳光在跳动，春天原是跳动着的。

李蓉生从外面来，把门推开，伸进了一条腿。见屋里没有人，不免愣了一愣，随后便走进来，回身把门掩上。

李蓉生提了一个鸟笼子，举起来冲着里面的小动物用嘴"唧唧"了两声，又端详了半天，把它放在茶几上。

李蓉生　（向着里面门喊）莲生。

〔没有答应。

李蓉生　（自语）没起？（向里面门走）莲生，还不起来呀？老阳儿都上了窗户喽。（刚想掀门帘）

〔门帘自己掀开了，魏莲生走出来，有点心神不定的样子。

李蓉生　你起来了，我还当你没起呢。

魏莲生　二哥早，二哥打哪儿来？

李蓉生　（坐下）清早儿起来，到护城河边儿上遛鸟儿。又在第一茶楼喝了会子茶，就慢慢儿溜达到这儿来了。

魏莲生　噢。（也坐下）

李蓉生　昨儿晚上睡得好吗？

魏莲生　（懒懒地）还是睡不着觉，翻腾了好半宿。

李蓉生　又睡不着？（开玩笑）都是前两天唱《思凡》唱的。

魏莲生　（噘了嘴）你老大哥了，还跟小兄弟穷开心。

李蓉生　（有些抱歉）我看你是不大舒服，得请大夫来看看。

魏莲生　（连连摇手）不，不，不，我没病，不要。

李蓉生　老这样儿不成的。要不然今天晚上我搬过来睡，陪你。

魏莲生　（直着眼睛出神）不用，我没什么。

李蓉生　（看着魏莲生的脸，停一会儿）《红拂传》那段儿慢板你还不熟哪，明儿晚上就上戏了，得吊吊吧？

魏莲生　（点点头）嗯。

李蓉生　（把手伸到衣襟底下，从裤带上解下一把带布套子的胡琴来）汉卿说他得去东城看个朋友，今儿叫我给你吊这段儿。（把布套取下来，放在膝盖上，给胡琴定好音）怎么样，试试吧？

魏莲生　（心不在焉）好。

〔李蓉生觉出魏莲生的神色，不由得抬头看他一眼；想说话，动了动嘴，又没响。

〔李蓉生拉完了那段西皮慢板的过门，可是魏莲生没张嘴。

李蓉生　（停了胡琴）怎么？唱啊。

魏莲生　（清醒过来，支吾其词）我把……戏词儿忘了。

李蓉生　哎，这可忘不得。

魏莲生　我真想不起来了，你提提我。

李蓉生　"虽然是舞衫中常承恩眷……"（又要拉胡琴）

魏莲生　慢着，底下呢？

李蓉生　咳，你怎么都忘了？一共四句："虽然是舞衫中常承恩眷，辜负了红拂女锦绣华年；对春光不由人芳心撩乱，想起了红颜老更有谁怜?"记住了不？

魏莲生　想起来了。

李蓉生　好，重来。

〔李蓉生又拉起来，过门拉完了，魏莲生嘴动了动，又没唱。

李蓉生　（住了手）你这是？——

〔魏莲生摇摇头。

李蓉生　（不快）又忘了？

魏莲生　不是。（用手擦额）我，我……

李蓉生　（把胡琴同套子都放在旁边的椅子上，诚挚地，沉重地）莲生！

〔魏莲生略抬起头，用一声微微的叹息诉说了他心中不安的情绪。

李蓉生　你心里有事？

魏莲生　（掩饰地）没有，没有……

李蓉生　（站起来，走过去把手压在魏莲生肩上）莲生，你别瞒我，你也瞒不住我。我说你心里有事，那就是一定有事。这几天你就一直是这样失魂落魄的样子，我都看在眼里的；想问你，又忍住了。可是我们哥儿俩该没什么说不出口的事情。你该跟我说，跟我说……

魏莲生　（强笑）没有，二哥，什么也没有。

李蓉生　你从来也没这样过：夜里不睡，早晨不起；马上要上台的戏，连词儿都没记住；又不练，也不排，你怎么了？

魏莲生　……没怎么。

李蓉生　（退回去，坐下）那你就太跟我显着生分了，你太没拿我当朋友了。

魏莲生　二哥，您别生气，我是出了点儿事情。可是怎么也得求您包涵，我现在还不能跟您说明白，可早晚总会说的。

李蓉生　那也好，那么你现在是要怎么办呢？

魏莲生　我想……我不想干了，我不想唱戏了。

李蓉生　（吃惊）莲生！你？这是打哪儿说起？你不唱戏了？

魏莲生　我不这么唱了，我先得歇歇……

李蓉生　先别扯得太远，这出《红拂传》你总得对付下来。戏报登了，海报贴出去了，票也卖了，明天晚上就上台了。

魏莲生　咳！干这一行真苦哇。

李蓉生　莲生，我得骂你。

魏莲生　我该骂的，您尽管骂。

李蓉生　莲生，不是这么说，你听我说，你说干这行苦。照我看干哪行都不轻松，谁能够是净凭着自个儿高兴活着的呢？

〔魏莲生立起来，在屋里来回走。

李蓉生　更其是我们干了这一行，唱戏。在台上卖力气，还不是为了教台下头听戏的老爷们快活；就说你还年青吧，你也在台上混了这么十来年了，怎么会到今天说起不想干的话来。

魏莲生　（心里发烦）二哥，您现在还不明白我。

李蓉生　（颇为不悦）我不明白你？我明白得很哪！这十来年，我哪天离开过你？顶是这五年里，你没父没母，我也没父没母，我更是拿你当亲兄弟看待。混到了今天，你会说我不明白你！你真叫我这作朋友的伤心！

魏莲生　（焦灼地）二哥，您别生气，我没这意思，您别……（坐下）

李蓉生　咳！也好，莲生，今儿个闲着没事，让我跟你说说我心里的话吧。

魏莲生　您说，我听。（不由得眼睛看一看钟）

李蓉生　莲生，作朋友不讲究说得多好，只凭着这颗心是不是？

魏莲生　二哥，我知道。

李蓉生　所以这十几年里，我没跟你说过什么，我好心待你，你也好心待我，没什么可说的……

魏莲生　人心都是肉长的，您不说我也知道。

李蓉生　你知道得还不那么多。你今年二十五岁了，我可是三十七了。

魏莲生 （有点不耐烦）是啊，您比我大十二岁，我比您小十二岁，我知道哇。

李蓉生 可是我在台上走运的时候，你还没进科班呢。

魏莲生 那时候我还小。

李蓉生 （回想起过去的时光）十四岁到十七岁，这三年里，京城里，附近几省，谁不知道唱花旦的李蓉生？每一天有多少人结党成群地来给他拍手叫好儿。有多少人为他着迷，只要贴出了李蓉生的戏码儿，戏园子里哪一回不是坐得里三层外三层风雨不透。

魏莲生 我听人说过。

李蓉生 人家都说这孩子将来不得了，了不起，还得好，还得红；名气还得响，爬得还得高。可是谁又想得到，爬得越高摔得越重啊！

　　〔静片刻

李蓉生 你说得对，干这一行是真苦啊。成败由天哪！太没有凭据了。好扮相，好唱工，好做派，好风头，架不住老天爷红了眼，吃你的醋。在十七岁这年给摆下了一座关口，我倒了仓！一下子嗓子哑了，像是有人掐住了我的脖子。胡琴拉起来了，我是一字不发。

魏莲生 （同情地）二哥……

李蓉生 莲生啊。（苦笑）"七十二战，战无不利；忽闻楚歌，一败涂地。"我就好比那被困垓下的楚霸王，中了十面埋伏之计，逼得在乌江自刎。从此以后，好像夏天夜里掉下来的一颗流星，戏台上再也看不见李蓉生了。

魏莲生　过去的事，提它干什么呢？

李蓉生　我不甘心啊。我从小就存心向善，就总在想着：我该作一个好孩子。我总得好心待人，没起过一点儿坏心眼儿。可老天爷真对不住我，他给了我这一下子；就是这一下子，把我从天堂上打下了地狱，永远也翻不了身。可是我不能甘心呀！我扯开了嗓子嚷，嚷不出来，我的嗓子破了！改本嗓，唱老生，不行；唱花脸，没那个气派；唱武戏，那时候身子单薄，顶不下来，那才是真完了，戏台上没有我吃的饭了。

魏莲生　（恳求地）别说了，二哥。

李蓉生　（惨笑）"好汉不提当年勇"，是没什么可说的呀。可是我怎么也忘不了那时候我够多么惨！捧我的人去捧别人去了，这我都不抱怨；可恨的是平常时候待我像亲人一样的师傅跟师兄师弟们也一个一个由我身边儿溜了个一干二净。见天儿晚上夜戏上了场，我就躲进戏园子后院儿的那间空屋里去；躺在旮旯儿里的稻草堆上，一个人淌眼泪。听见前台锣鼓声音敲得好欢；听戏的叫好儿叫得好热闹。我心里就想着：那锣鼓是为我敲的呀。那好儿是冲我叫的呀。那满台亮还不都是为了我，那绣花儿衣裳也是我穿过的呀。可是这多快呀，只是一眨巴眼儿的工夫，就变了，都变了。（停顿）你还得想想，那时候，我是个只有十七岁的孩子。

魏莲生　二哥，您不会老这么苦，您有苦尽甘来的那一天。

李蓉生　（摇手）用不着劝我，我这是说着好玩儿的。可是你听着：从这儿起我就成了顶教人看不起的人；成了戏包袱，戏篓子，戏混子，戏油子。什么戏都唱，可是什么戏都唱不好；什么角儿都充，可是什么角儿都充不起来；缺什么顶什么，可是什么都不像……我也就甭提我这十几年的日子是怎么过的。想走，往哪儿走？想改行，改什么行？（面色惨沮）想寻个死吧，可又下不去手……一直到我看见了你。

魏莲生 看见了我？看见我什么？

李蓉生 我想着，这孩子是怎么回事？神气、模样儿、脾气，还有红起来的这股子劲儿，都那么像我自个儿。可是比我有运气，倒了仓之后他的嗓子更好了。那还有什么可说的，真是锦绣前程，不可限量呀。我说：好吧，我是个废人了，我算是没指望了，把我的指望，我的精神，都搁在这孩子身子吧。（欠一欠身子，从长袍底下掏出一支烟袋管同烟荷包，装好烟，点着了，抽了一口）这么一想不要紧呐，（感慨不尽）我就跟了你十年……

魏莲生 （无限的感激）二哥，您真是……

李蓉生 莲生，你哪儿知道我待你的这份儿心啊！我盼望着你一帆风顺，名利双收。我没有一时一刻不惦着你；你生了病，我就想着：我该死，都怪我没好好儿照顾你；你饿了，我马上张罗着给你做吃的；你冷了，我也觉得身上冻得慌……

魏莲生 二哥，我可真是对不住您……

李蓉生　你要对得住我也不难，只要你想想自个儿有多运气，年纪轻轻就这么名扬四海。有好朋友这么死心塌地地保着你。有这么多贵人阔人捧你。你想想你魏家的祖宗给你积下了多少德，你还不小心谨慎护住了这点儿根基？老天爷待你真是不薄，你凭哪点儿敢这么耍大爷脾气，说不干就不干！你凭哪点儿敢说想歇歇！也是，年青人"这山望着那山高"，不免常有点儿三心二意的，可是常言说得好呀："别人骑马我骑驴，仔细思量我不如；等我回头看，又有挑脚汉"，这就叫"比上不足，比下有余"。再说凭你现在这样儿，多少人看着眼红，你也该知足了。

魏莲生　二哥，我说过了：您早晚能明白我。

李蓉生　咳，我也说过了：我明白得很哪。你就待着吧，听我的话包你没错儿。把心搁在戏上，别那么胡思乱想的。人还是马虎点儿好，知道得多了，烦恼也就多了。

魏莲生　（下了决心）二哥，您说的都是金玉良言。可我也有我的苦处。现在咱们先不谈了。今天晚上，不，明天早晨吧；让我把我心里的事一五一十全告诉您。

李蓉生　现在为什么不说？（烟抽完，磕干净了烟袋，装好又塞到衣服底下去）

魏莲生　不，就求您应承我这一回。

李蓉生　好吧。我今儿也是话匣子开了收不住。可也不错，十年的心事，这下子算是全给你说干净了。（站起来）那我先去串个门儿。你既是心里不痛快，现在就不唱了；等

晚半天儿我再来。（把胡琴也收入套子里，掖在裤带上）

〔李蓉生刚要去拿鸟笼子。

〔外头有人喊

〔王新贵的声音："老三呀！在家呐吧。"

〔话没完，王新贵推门，探头，进门；神气飞扬，已大非先时可比。

王新贵　（同屋里的人招呼）几天没见了。老三，你们的大门也不闩，我一闯就闯进来了。

魏莲生　看门的出去了。

王新贵　真是名角儿的派头儿。（一屁股坐在椅子上）

李蓉生　怎么一大早儿就上街了？

王新贵　盐运使徐大人带着家眷，今天下午启程上任。我是奉了东家之命到东太平街瑞昌字号去选一对顶大的老山人参，做一样送行礼；路过这儿就来看看。

李蓉生　怎么样？您在苏公馆里待得还合适？

王新贵　刚待了三四天，还觉不出来。"骑驴看唱本儿"：反正是走着瞧吧。看起来，这位东家跟我的脾气还相投。说不定倒可以跟他混几年。（一伸手）这就得谢谢我们这位老兄弟喽。

魏莲生　（无兴致）没有的话。

王新贵　（有言外之意）那天晚上的《思凡》（伸大拇指）真是呱呱叫。

魏莲生　不好。

王新贵　（大摇头）不。有劲，真叫不赖。说起来我有十来年没听你的戏了，那天这么一听呀，（赞叹）真是有出息，怪不得这么红。

〔魏莲生干笑一声

王新贵 李二爷，莲生我可是看着他长大的啊，"多年的媳妇儿熬成婆"喽。（存心奚落）老弟台，你还记得当年挎着小提篮儿，到西城根儿底下捡煤核儿的时候吗？

魏莲生 （却被勾起童年的回忆）西城根儿底下……捡煤核儿的时候……

王新贵 还记着不？有一回在南河沿看见一个花里胡哨的大姑娘。一边儿捡煤核儿，一边儿看，一边儿走，"哐"脑袋瓜子撞在树上了，撞起了好大一个包啊！（看看魏莲生的脸）树枝子把脸都扎破了。

魏莲生 （高兴起来）您看。（指着左眼旁）疤还在脸上呢。

王新贵 （向李蓉生）是不是？我就想着，好险哪！那树枝子只要稍微偏一点儿，可不就把眼睛扎瞎了。好，成了个独眼儿龙，那还唱哪家子花旦，那就得唱大花脸啦。

魏莲生 （笑了）想想小时候儿真有意思。

王新贵 揭你的底，还当你要生气呢。

魏莲生 您不知道我多盼望着有一个从小儿的朋友老在一块儿说说讲讲。您可真是老大哥了。

王新贵 老大哥可是越老越没出息了，还得小兄弟提拔啊。

魏莲生 （惭愧地）您说到哪儿去了。

王新贵 真格的，"年到二十五，衣破没人补"，兄弟一个人老是这么打光棍儿不是事。我这老大哥既是回来了，就得给你张罗张罗，给兄弟说上一门儿亲事；让我喝了这碗冬瓜汤吧。

李蓉生　（鸟笼已经提在手里，听到这句话，插了嘴）这话您说得在理，这是正事。我也劝过莲生好几回了，他就是不听。

王新贵　嗨。（点点头）我既是回来了，就由不得他。

魏莲生　（皱皱眉）不，我害怕。

李蓉生　这才是小孩子话了，娶媳妇儿嘿，小两口儿过日子，有什么可怕的？

魏莲生　还是一个人好，人多了麻烦就多了。

李蓉生　（对王新贵）您听，您听，就像他上过人家多少回当似的！

王新贵　（满脸狡黠之状）这可说不定，您怎么知道他不在外边胡闹，没上过人家的当呢？

李蓉生　（忠厚地）没有的事，这我可知道。

魏莲生　您就知道说我，您自个儿不也是光棍儿一个人吗？为什么不接个老嫂子呢？

王新贵　（大笑）老弟呀，我也怕呀。

魏莲生　您怕什么？

王新贵　（他用手做了个姿势）我怕当王八。

李蓉生　（听不入耳）这叫什么话！

王新贵　（有所指）这年头儿，年青的大姑娘、小娘儿们都爱小白脸儿。像我这样儿年纪大的，（摸脸）皮子粗的，长得丑的，非当王八不治。

136

〔魏莲生发起愣来。

李蓉生　（大不谓然）胡扯！胡扯！

王新贵　我是心明眼亮，看得准，拿得稳。"瞎子吃馄饨，肚里

　　　　有数儿"，决不跟自个儿过不去。

李蓉生　（动步）莲生，我要走了。

王新贵　慢着，我也走，别尽扯闲天儿，（故意走过去看看钟）

　　　　啊呀，十点多了！（故意这么大叫一声，眼睛望着魏莲

　　　　生）

魏莲生　（果然失惊）什么！十点多……

王新贵　唉，我瞧错了，是九点多。还有一会儿呢。

　　　　〔魏莲生惶惑地，也是敏感地瞧着他。

王新贵　我是说，别把大事耽误了。东家发起脾气来，可不是

　　　　好惹的！

李蓉生　我走了。

王新贵　回头见吧，我也许一会儿再来。

　　　　〔李蓉生同王新贵出去。

　　　　〔魏莲生送到门口。

王新贵　（在外面）别送，别送。

　　　　〔魏莲生就站住脚。

　　　　〔李蓉生忽又走回来，在门口。

李蓉生　（关切地）莲生，不许你再胡思乱想了。我晚半天儿

　　　　再来。

魏莲生　（点头）是，二哥。

李蓉生　你要是不舒服，就再睡一会儿。

137

魏莲生　是，二哥。

〔李蓉生看了看魏莲生的脸，不再说话，慢慢转身去了，顺手带上了门。

〔魏莲生站着纳闷儿，又看了看钟。又四面看了看这屋子，觉得太乱了，就动手收拾起来，把鼓架子什么的都放好，又把榻上堆的戏衣折整齐，刚折到一半……

〔门忽然一下子推开。

〔魏莲生一惊，急转身，手里的戏衣落在地下。

〔门外空空的，没人。

〔魏莲生有点儿发慌，轻步向门走，走到门边犹疑不敢出去。

〔一个人哈哈大笑，吓了魏莲生一跳。

〔陈祥穿了绸夹袍，小背心，学习着魏莲生平日打扮，跳了进来。

陈　　祥　（四下一张）好清静！

魏莲生　（满心发烦）陈先生。（退回榻上坐下）

陈　　祥　今儿礼拜天，不上课，来找你玩儿。

魏莲生　（无可奈何）您真早。

陈　　祥　不早了，快十点了。（高兴地）我知道你在家。

魏莲生　您怎么知道？

陈　　祥　在大门口儿碰见李蓉生，他说你一个人在家发闷呢，叫我陪你聊天儿，解解闷。你看，这多清静，我往天来都是满屋子客人。

魏莲生　（失去平日的恭顺）……我就是要一个人清静清静。

陈　祥　（往椅子一坐）所以我来得正好，家里清静，太好了，
　　　　咱们俩足聊一气。（站起来）对了，让我去把大门闩
　　　　上，省得那帮混人跑来捣乱。

魏莲生　（拦住他）不，不用，不要紧……

陈　祥　也好。（又坐下）

　　　〔魏莲生也坐着，赌气不理他。

陈　祥　莲生。大前天晚上苏家的堂会，我去听了。

魏莲生　唔。

陈　祥　我穿了长袍儿马褂儿，拿了十吊钱，用红纸一包，送
　　　　了礼，就听了一宿的戏。嘿，你那出《思凡》可真
　　　　不错。

魏莲生　您又直给叫好儿？

陈　祥　不错，不错，你听见了是不是？我一见你出来，就扯
　　　　开了嗓子穷叫一气。

魏莲生　唱昆腔不兴叫好儿的，您外行了。

陈　祥　管他妈的，它是好嘿，拦得住我不叫？

魏莲生　（又好气，又好笑）您真是……

陈　祥　章小姐跟俞小姐要我带她们去，我不干。到这种生地
　　　　方，跟女人在一块儿，跟屁虫似的跟东跟西，麻烦！

魏莲生　（憋不住了）您有事吧？

陈　祥　没事，没事。刚告诉你了，今天是礼拜天儿，一点儿
　　　　事也没有，可以在你这儿玩儿一天。你不是今儿也没
　　　　戏吗？

魏莲生　……我马上有事要出去。

陈　祥　那也不要紧，咱们可以一块儿走。

魏莲生　……不，我……还要等一个人来呢。

陈　祥　那我就跟你一块儿等，反正也没什么事。

〔魏莲生坐立不安。

陈　祥　后天《红拂传》，我们好些人包了一排位子，第四排顶好的位子。我告诉他们说这是你的拿手好戏，轻易不露；这回是我特烦的，管保你特别卖力气。我们也得特别卖力气，给你捧场。

魏莲生　（勉强一笑）谢谢您。

陈　祥　喷，你还客气。（看着他）你怎么"蔫勒不唧"的？怎么了你？

魏莲生　没怎么。

陈　祥　你脸上颜色不对，留神生病。

〔魏莲生不响，又看了看钟。

〔陈祥亦暂时沉默。

魏莲生　（忽然地）我问您啊，陈先生。

陈　祥　什么事？

魏莲生　我有一桩事不明白。

陈　祥　什么事呢？你不明白的事，我大概也明白不了。

魏莲生　您算是捧我的，是不是？

陈　祥　那是当然喽！谁不知道陈祥捧魏莲生啊！我不捧你捧谁？

魏莲生　您可别生气呀。我不明白的是您这么样儿捧我，花钱费事，到底是图个什么？

陈　祥　（再也想不到）你？你怎么问起这个来了？

魏莲生　要是您不生气的话……

陈　祥　我倒是从来也没想到。

魏莲生　还是想想好。

陈　祥　（莫名其妙，反问起来）你怎么变得不像你了？

魏莲生　（忽然看见陈祥脸上一条血痕）你那儿怎么了？

陈　祥　（不知所指）什么？

魏莲生　怎么那么长一条儿？

陈　祥　（不在意地）噢，猫抓的。

魏莲生　（近前谛视）骗我，不像猫抓的。又跟人打架了，是
　　　　　不是？

陈　祥　嘿！"又跟人打架了？"好像你知道我常跟人打架似的。

魏莲生　我怎么不知道，你哪回打架我都知道。

陈　祥　（笑了）谁告诉你的？

魏莲生　反正我会知道。你说，这回是怎么回事。

陈　祥　告诉你就告诉你：昨天跟小徐到中兴园听戏，小徐给
　　　　　李连泉叫好儿，楼底下有人顶着叫，我也帮着小徐叫。
　　　　　正顶得来劲，好！楼下上来人了，问小徐说："你们要
　　　　　怎么样？"小徐说："没什么怎么样不怎么样的，我们
　　　　　捧连泉就是了。"那人说："我捧了就不许你们捧！"说
　　　　　着就要打架。我可忍不住了，我就说："要打架，不含
　　　　　糊，捧是捧定了，叫好儿也叫定了！"说着，我就
　　　　　"好！"又叫了一声。那人就说："下楼，皇城根儿去。"
　　　　　就一块儿下去了。

魏莲生 咳！这是干吗呀！何苦呀？

陈　祥 听着。下楼一看，他们人多！

魏莲生 多多少？

陈　祥 也不算太多，四个，整比我们多一半儿。

魏莲生 （摇头）"双拳难敌四手"，这种架不打。

陈　祥 咦，别给我泄气。下了楼，我们一句话不说呀，直奔皇城根儿去了。那儿又僻静，又宽敞，真是好地方。

魏莲生 真没听说过，打架还得找好地方。

陈　祥 那我们哪一次打架都是那地方。再说大街上也打不开呀，还没动手就围上一大圈子人了。刚打不到两下，又叫人给拉开了。那还叫打架吗？那不成了耍狗熊了。

魏莲生 （又看看钟，不赞一词）咳……

陈　祥 （眉飞色舞）一到那儿，他们就说："对不住！小子！今儿咱们人多！"小徐说："怕者不来，来者不怕。"我说："我陈祥今天整个儿出来，就没打算整个儿回去！"说着就打起来了。

魏莲生 这是怎么说的？

陈　祥 虽说我们人少，可没丢人。

魏莲生 那怎么"了"呢？

陈　祥 那总有了的时候。

魏莲生 不，我是说，后来怎么打完的？

陈　祥 打累了，都不想打了，还不就完了。

魏莲生 李连泉，以后谁捧呢？

陈　祥 照样儿。他们捧他们的，我们捧我们的。小徐说："越打得凶，越捧得凶！"

〔言外之意，看来小徐同陈祥当然是打败了。

魏莲生　那不是以后还会打架？

陈　祥　打就打，不在乎，我们也有的是人！

魏莲生　打场架，不要紧，脸上弄得东一条儿西一条儿的多难看。

陈　祥　（摸一摸脸）这还是小意思。去年为了你打架，差点儿没打死。

魏莲生　犯不上啊！万一有个三长两短，弄成残废，说起来是为了听戏捧角儿打的，那又有什么光彩呢？

陈　祥　那不至于。

魏莲生　说真的，你得想想啊。你还是个学生，可是我知道，你简直就不大上学，也不读书。我说句不客气的话……

陈　祥　不要紧，不要紧，没什么不好说的。尽管说，你尽管说。

魏莲生　我觉得你一天到晚不务正经。

陈　祥　（毫无愠怒之色）那么照你说，什么叫正经呢？

魏莲生　你是个学生，学生就得念书。

陈　祥　（摇头）嗐……提起念书，我就甭提多头疼了，你当念书有用，我可觉不出有什么好处来。

魏莲生　（聊以自嘲）真是"干一行怨一行"。

陈　祥　（满不在乎）为了这个事，我也不知道跟我妈我爸爸吵过多少回。他们想我毕了业做大官儿，发大财，我可没那么想。

魏莲生　那你想什么呢？

陈　祥　我呀，（得意之至）下海！

魏莲生　（一惊）什么？

陈　祥　下海唱戏！

魏莲生　（笑了）唱戏？

陈　祥　（一本正经）不是说说就算了的。

魏莲生　家里答应？

陈　祥　不答应也得答应。只要我的主意打定了，谁也拦不住，
　　　　老头儿老太太可管不了我。

魏莲生　（自言自语）真有意思。

陈　祥　告诉你，我唱武生。现在我没事儿就在家练功，比方
　　　　说吧：虎跳、抢背、起霸、走边、花枪、单刀、双刀、
　　　　大刀花儿、铁门槛儿都练得差不多了，还有吊毛儿、
　　　　滚屁蛋也练会了。

魏莲生　你真是太过分了。

陈　祥　什么太过分？

魏莲生　你真是不知道天多高地多厚，这样儿你将来会后悔的。

陈　祥　没的话，我跟曹操一样："平生做事，从不后悔。"

魏莲生　不对。譬方说，一件事做错了，你难道不后悔吗？

陈　祥　错了就错了，也用不着后悔呀！

魏莲生　（默然似有所得。自语）不后悔……

陈　祥　后悔没有用。谁愿意尽做没有用的事情呢？

魏莲生　说起有用没用，那让你自个儿说。一天到晚尽是玩儿，

尽是闹，这也算有用吗？

陈　祥　（纳闷儿）你今儿是跟我过不去呀。好。你是说我成天儿尽听戏是不是？咳！一个人总得爱一样儿东西；我爱听戏，我就听戏，这也没什么了不起。

魏莲生　你爱听戏不要紧，可是就在戏园子里坐着听就得了。成天儿往唱戏的家里跑，一泡就是一天。你闲着没事，我受得了吗？

陈　祥　（不高兴，愣了半天）我是好心好意交朋友！

魏莲生　朋友是到处都有哇！你为什么不找个唱零碎儿的交朋友？为什么不找个打下手儿的交朋友？为什么不找个跑龙套的交朋友？为什么单找我交朋友呢？

陈　祥　（更加不快，也答不上来）……交朋友的人想不到这些。

魏莲生　再说交朋友得两厢情愿，没有这么死乞白赖地……就说吧，你现在来找我玩儿，说不定我正有事，或许我心里有事，或许我正不想玩儿……

陈　祥　（站起来，脸通红，憋了半天，爆发）你……你这是说我霸王硬上弓，说我是剃头的挑子一头儿热，你是说我害单相思病！

魏莲生　（忍不住笑起来）你怎么说得这么难听啊？

陈　祥　（气势大馁，想哭出来）你……我现在才认识你，你是什么……（"东西"两字已经说到嘴边，又咽了下去）

魏莲生　我是什么东西？我不过是一个唱戏的罢了。（和蔼地，按陈祥坐下）陈先生，让我跟您说一句知心的话，你说是为了交朋友，是啊，人怎么能没有朋友呢？可是咱俩不是朋友。

陈　祥　（怒气未息）那是你这么想！

魏莲生　一点儿没错，您交的朋友不是我。

陈　祥　（气吼吼地）不是你是谁？

魏莲生　是那个在戏台上红得发紫的花旦魏莲生。

陈　祥　（稚气可掬）那不还是你吗？

魏莲生　（摇手）不，要是有一天魏莲生倒了霉，变成了跑龙套的、跟包的；或是魏莲生改了行，不唱戏了，变成了穷光蛋；那时候咱俩就是在路上碰见，你陈先生也不会认我了。

陈　祥　你说得好丧气话。你把我看得那么不讲义气。再说你会不唱戏？

魏莲生　说出来您不信，我还是真不想唱了。

陈　祥　（正如魏莲生听说他要"下海"一样地吃惊）你说什么？

魏莲生　我不唱戏了。

陈　祥　（自作聪明地）那得等你到了八十岁，等你老到唱不动了的时候。

魏莲生　（摇头）我是说现在，从今天起。

陈　祥　（跳起来）你是顺嘴胡扯呀！你！

魏莲生　我为什么胡扯？你爱信不信。

陈　祥　那我是不信！你明天还唱《红拂传》呢。我票都买了。

魏莲生　（长叹）咳……（背转身去）

146

陈　祥　　真不知道你犯了什么毛病了。

魏莲生　（又转回身来）陈先生，咱们相处的日子不多了。听我
　　　　　的话吧：人是越长越大了，不能再这么昏天黑地过日
　　　　　子了。该收收心了，也该用点儿心了。一个人没有几
　　　　　十年活呀。

陈　祥　　（昏惑地）你真是奇怪……

魏莲生　（执陈祥的手）听我的话，听我的话。

　　　　　〔马大婶的声音："魏老板在家吗？"

魏莲生　（仓皇地）谁？

　　　　　〔马大婶的声音："我，我姓马。"

魏莲生　噢。（向外走）马大婶儿，我在家呐。

　　　　　〔马大婶走进来。

马大婶　（回头向外面）进来呀！二傻子。

　　　　　〔马二傻子跟在后面蹭着进来。

　　　　　〔亲爱的观众：我们跟马二傻子应该并不生疏，我们该
　　　　　时常看见他。说不定我们还雇过他的"排子车"运行
　　　　　李，或是运家具什么的。

　　　　　〔马二傻子就是马大婶的儿子。

　　　　　〔马二傻子面如锅底，是日晒风吹得来的颜色；加上泥
　　　　　垢的堆积，弄得有点儿眉目不清；但是新剃的光和尚
　　　　　头透着精神，整个儿的脑袋瓜子黑中透亮，像是一柄
　　　　　"乌油锤"。

　　　　　〔他发低额窄，浓眉凹眼，鼻子塌陷而肥，颧骨高耸，
　　　　　厚嘴唇，尖下巴。他目光呆滞，向前看的时候多，自

然是赶车生涯养成的习惯。

〔马二傻子腰系腰带，腿扎腿带；不仅油垢满衣，凡是衣服褶皱处，都存着厚厚的泥沙：假如全抖落下来，恐怕至少得盛满一海碗。

〔假设说人类该有两种力量，一是智力，一是体力；无疑地，马二傻子已被剥削了前者。然而拙于彼者优于此，他的生活，他的环境，却使他体力充沛，精神饱满；尽管他很少表情，很少说话。

〔"高贵的人"见了他，会觉得他粗蠢、愚笨、丑陋、无知、"非我族类"，便"掩鼻而过"。马大婶的爱子便是这样一个近似"畜生"的动物。

〔他进来之后，便呆呆站住，一动也不动，一句话也不说。

马大婶　（看见"似曾相识"的陈祥，略向后退）您这儿有客。

魏莲生　不要紧的，我们扯闲天儿，没事。

〔陈祥却心中有愧，背转身走到一边儿去了。

魏莲生　（看见马二傻子）二兄弟出来了？二兄弟吃了苦吧？

马大婶　（责备地，却是亲爱地）二傻子，又站着发愣啦？

〔马二傻子看他妈一眼，没动。

马大婶　（努嘴作势）还不……咳，真急死人。

〔马二傻子又静止片刻，忽然对魏莲生屈膝下拜。有如推金山倒玉柱一般，趴下磕了三个头，又立起来。

魏莲生　（躲避不迭）大婶儿，这是干吗？这是干吗？

马大婶　我们二傻子这条小命儿是您魏老板赏的啊！我们真不

知道怎么谢您才好啊！

魏莲生　（痛苦地）您这是说的什么？说的什么？

马大婶　您就受了这三个头，一点儿也不屈。我们穷人……除了给您磕头请安，还能怎么谢您呢……这孩子大前天晚不响儿就出来了。我们娘儿俩前天早晨来了一趟，昨儿个早晨又来了一趟，都赶上您这儿关着大门，叫也叫不开。今天我跟二傻子说早点儿来，可就见着您了。

魏莲生　大婶儿太客气了，我真是一点儿力也没尽到呀。

马大婶　您别这么说，要不是您，我这孩子出得来吗？

陈　祥　（待着无趣，想走了。走过来）莲生，我要走了。

魏莲生　好吧，我们赶明儿再谈。

陈　祥　我一会儿再来。

魏莲生　再来？不，我马上有事。

陈　祥　你答应过跟我一块儿去照戏装像的，章小姐跟俞小姐还要一块儿照呢。

魏莲生　可是我今天实在没工夫。

陈　祥　再说你要是往后真不想唱戏了，咱们也留个纪念呀。

魏莲生　明天再说。

陈　祥　（惊喜）说定了，明天！

魏莲生　（但求其速去）好，好，好。

陈　祥　明天早晨来？

魏莲生　好。

陈　祥　好，明儿见，明儿见。（走出门去，又退回来）莲生，你跟我说真的，明儿晚上的《红拂传》到底唱不唱了？

魏莲生 （心烦意乱）唱，唱，唱，怎么能不唱呢。

陈　祥 （放了心）我说你是说着玩儿的不是？（诚恳地）莲生，我告诉你，我听你的话了。（伸出三个指头）我再听三回戏，就一定好好儿念书了。明天见。（跑出门去）

〔魏莲生望着他的背影。

〔魏莲生同陈祥谈话之间，马大婶站在一旁用无限的崇敬和喜爱凝视着他。她会想到魏莲生在幼年间不就是她的穷街坊的那个并不出奇的穷孩子，可是现在站在她面前的，却成了那样可望而不可即的人物。她会不会想到自己的儿子假如学了戏也会成就今天魏莲生的地位？我想她不会这么想，她看到儿子居然被放出监牢来，仍旧能赶车，仍旧能跟她在一起，她已经很满足了。

〔马二傻子也是同样地不可能有过奢的希冀，他站在这幼年一同捡煤核跑大街的朋友的屋子里，被这满屋子的陈设弄得直犯迷糊，眼睛很费力地东转西转，有点儿忙不过来。

马大婶 （兴奋地）……这也是我们二傻子命运，有运气，碰见您贵人解救。大前天晌午我再到"拘留所"去，那些老爷们就甭提待我多和气了。说是刘署长已经吩咐下来，冲着魏老板的面子，马上就放。

〔魏莲生苦笑。

马大婶 临走还赏了我们二傻子一大碗饭吃，白米饭哪！

魏莲生 唔……

马大婶 当天家来天就黑了，第二天我也没让他赶车去，叫他在家待了一天。您给我的钱还没花完呐。昨儿个他又赶车去了。（高兴地）没出事。我就告诉他，从今以后"见事别说，问事不知，闲事休管，无事早归"。

魏莲生 对了，早点儿回家好。

马大婶 （充满了得意与怜爱）二傻子，你也不小了，你得明白呀：烟呀，酒呀，那都是有钱人用的，我们怎么能喝酒呢？我们只求饿不死，冻不死，就该谢天谢地喽。"命里有时终须有，命里无时莫强求。"魏老板，您说是不是啊？

〔魏莲生苦笑

马大婶 我就说一个人得安分守己。二傻子，你不该喝酒，你喝了酒，瞧，出事儿了不是？

魏莲生 （自语）喝酒……

马大婶 （接着说）你比不得有钱人呐，这回要不是魏老板，你就不定怎么样了。亏得魏老板认识那么些大官、阔人……

魏莲生 （痛苦不堪）大婶儿，您这是骂我呀……

〔马大婶一惊。

魏莲生 （勉强地笑）不说了，不说了，大婶儿，我没……

〔玉春忽然出现在门口，穿一身素净的衣裳，有兴趣地看他们说话。安静地站定了，没作声。

〔马二傻子看见了玉春，不由得后退一步。

马大婶　您待人真好，真是的……（回头）二傻子……

马二傻子　（提醒他妈）……妈……

　　　　　　〔这样大家才注意到来了客人。

魏莲生　（失声）你……

玉　春　（微笑着）今天我来晚了。（走进来）

马大婶　（不知所措）魏老板……（想走）

玉　春　莲生，看你，也不让客人坐。

马大婶　不，我们该走了。

魏莲生　您坐坐，您坐坐。

玉　春　老太太再坐会儿，我没什么事。

马大婶　（茫然）不，不，我们是该走了，二傻子也该赶车
　　　　去了。

魏莲生　好吧，没事常来串门儿呀。还有二兄弟。

马大婶　（推了二傻子一下）答应呀，傻孩子。

　　　　　　〔马二傻子只在神色上稍动了一动。

马大婶　走了，走了。（向外走）

　　　　　　〔马二傻子先出了门。

　　　　　　〔魏莲生跟着走，准备送他们出去。

马大婶　（又转回身来）谢谢您，真是谢谢您，老天爷保佑
　　　　您……

魏莲生　（央求地）别说了，大婶儿，别说了。

　　　　　　〔马大婶嘴里仍旧喃喃地，走出了门。

　　　　　　〔魏莲生送她出去。

　　　　　　〔屋里只剩下玉春一人。她四面看了看，便清理起屋子

来；把零乱的戏衣，一一折好；把那只靴子扶好摆正；又把其余的东西及家具陈设等都弄整齐。坐在椅子上端详。

〔魏莲生进来。

玉　春　走了？

魏莲生　走了，我把大门关上了。

玉　春　天天关门多不好，回头人家说你的闲话。

魏莲生　门开着不知道有多麻烦，我从一清早儿到现在没得一点儿清闲。（坐下）你瞧，想收拾收拾屋子都不得空。

玉　春　当差的呢？

魏莲生　还是叫他出去了。

玉　春　所以我来给你收拾屋子。

魏莲生　真想不到啊！我可哪儿来的那么好福气？

玉　春　现在怎么又变得这么伶牙俐齿的了，刚才看你那个傻样儿。

魏莲生　我也想不到你就这么跑进来。

玉　春　在院子里就听见你跟别人说话，我就想走了。后来听见是这位老太太，我就……换了别人我可不来。

魏莲生　你来得正好。马大婶儿跟她的儿子又磕头、又请安、又道谢、又夸奖，弄得我恨不得有个地缝儿钻下去。

玉　春　（偏着头想）可我还记得挺清楚：没有多少天呀，你还顶喜欢人家跟你磕头请安、夸奖道谢呢。人家要是不这样，说不定你还得生他一鼻子气哪。

魏莲生　你少说两句好不好？

玉　春　这可拦不住我说。莲生，我真高兴啊。你看，就凭我，能让黑的变白，能让一个傻孩子变成机灵孩子。

魏莲生　咱俩谁是孩子？我可比你大呀。

玉　春　好，是大人就谈大人话。（严肃起来）莲生，你知道我们今儿个要干什么？

魏莲生　我不知道。

玉　春　你应该知道。

魏莲生　（想一想）还是你说吧。

玉　春　我们不是要走吗？

魏莲生　噢。是啊，是要走，我不会再这么混下去。

玉　春　我是说就走。

魏莲生　就走？什么时候走？

玉　春　我是说马上走。

魏莲生　（不相信自己的耳朵）马上？

玉　春　今天，马上，就是现在。

魏莲生　（昏乱地）为什么？为什么这么……这么急？

玉　春　你不能走？

魏莲生　不是，我没有想到……

玉　春　现在不走什么时候走呢？

魏莲生　（问住了，呆了一会儿）到什么地方去呢？

玉　春　世界大得没边儿，出了这城圈子，还不全是我们的地方？

魏莲生　我们怎么能就这么走呢？

玉　春　你要怎么走呢？

魏莲生 ……总有些事要交代交代吧？这住了二十几年的地方……

玉　春 那也好，你就想想，有什么要交代的，有什么没了的？

魏莲生 （想了一想）……真怪事，想着该有好些个事，可是细想想，又像没什么似的。

玉　春 那就……

魏莲生 （忽然想起来）我这些东西。（四下指点着）

玉　春 （讥讽地）你是想搬家呀！那巧极了，对门儿马大婶儿的儿子马二傻子不就是赶车的吗？就叫他来给你运箱子，搬铺盖卷儿；快去，趁他刚出门儿，也许还叫得回来。

〔魏莲生受了奚落，闷着头不响，皱眉，费力地思索。

玉春望着他。

魏莲生 （慢慢立起来）……我们走……

〔玉春亦立起来，仍旧望着魏莲生不放声。

魏莲生 （狠了狠心）好！走吧！

玉　春 （关切地，怜爱地）莲生，你舍不得，放不下……

魏莲生 （四下张望，心神不定）就这么走……

玉　春 （按他坐下）你先定一定神。

魏莲生 （掩不住心中慌乱）没什么，没什么。不要紧，我能走，我能……

玉　春 不忙，你歇歇。

魏莲生 （慌慌张张）马上走！马上走！我什么都不要了。（要走）

155

玉　春　（拦阻他）别，别，你干吗那么慌呀？你怎么这么沉不
　　　　住气呀？

魏莲生　（又静想半天，忽然）不能走。（颓然坐下）我差一点
　　　　儿忘了一件大事。

玉　春　什么事？

魏莲生　我要见一下儿李二哥，我说了要跟他说明白的。

玉　春　李二哥？你那个跟包的？你跟他说什么？

魏莲生　不是跟包的，他比我的亲人还亲；什么都得跟他说，
　　　　得让他明白我。二哥待我太好了，人心换人心，我不
　　　　能就这么撇下二哥就走。

玉　春　你怎么从来没跟我说过他？

魏莲生　那怨我糊涂，今天我才认识他，才认识这个好心的人。
　　　　我要是就这么走了，会气死他，急死他。

玉　春　那也好。

魏莲生　我这么想，他能不能跟我们一块儿走。

玉　春　跟我们一块走？

魏莲生　能。咱们就说好了：明天一大早儿走，跟李二哥一
　　　　块儿。

玉　春　那也好。怕有事，我得先回去了。

魏莲生　（高兴地）慢点儿走，我要告诉你说。

玉　春　（笑着）你要说什么？

魏莲生　我说我们明天这时候，就离开这地方了，去过我们的
　　　　好日子了。

玉　春　我可说是苦日子。

魏莲生 （笑了）你还当我会后悔吗？没有的事。我现在可知道什么是好日子，什么是苦日子了。

玉　春 你说什么是苦日子。

魏莲生 像我们现在一样，像关在笼子里一样；听人家的高兴，看人家的脸子，什么都没有自个儿做主的份儿。可是到明天……

玉　春 明天？

魏莲生 明天这时候，我们就跑出了这个城圈子；离开了这群一见着就起腻的人；再不看见这所教人发烦的屋子；再也闻不见这股熏得死人的铜臭气；再也不给人家消遣解闷儿了。

玉　春 咱们坐船，骑马，爬山，跑路；听听流水响，闻闻野花香……

魏莲生 好长的日子，好大的世界，我们爱到哪儿去就到哪儿去。

玉　春 "爱到哪儿去，就到哪儿去"，可是去干什么呢？

魏莲生 （愉快地）找我们的穷朋友。

玉　春 （笑着）那时候你会告诉人吧？说："我爸爸是打铁的，我是铁匠的儿子。"

魏莲生 （激动地）玉春。

玉　春 （偎倚着魏莲生）我们要在一块儿过这一辈子。

〔窗外有鸟声相媚。

〔让时光悄悄地在身边流走。

〔外面传来铜门环碰撞的响音。

玉　春　有人叫门。

魏莲生　不理他。

　　　　〔门敲得更急，还有人在嚷。

玉　春　这人有急事。

魏莲生　什么急事？还不是那群讨厌的人！

　　　　〔门敲得声如雷震。

玉　春　这样儿不好。你出去看看。

　　　　〔魏莲生点点头，跑出门去。

　　　　〔玉春也有点忐忑不安，站在门口向外倾听。

　　　　〔转瞬之间，魏莲生飞奔而入。

魏莲生　（面色如土）是……

玉　春　是谁？

魏莲生　（昏乱地）姓王的，王新贵。

玉　春　让他进来没有？

魏莲生　我没开门，我从门缝儿里看见的。

　　　　〔叫门声不绝。

玉　春　他有什么事，这么着急？

魏莲生　他还带着人。

玉　春　（面色一变）带着人？

魏莲生　有三四个人，短衣裳的打手。

玉　春　（平静下来，反而坦然）你知道这是为什么？

魏莲生　（发呆，摇摇头）不……

玉　春　（切齿）天下有这么恩将仇报的人！王新贵卖了你了！

魏莲生　怎么办？怎么办？我们跑……（四顾，无策）可是……

玉　春　（抓住他）莲生！人，还得受罪呀！明天不是那么轻易
　　　　就到得了手的呀！

魏莲生　（攥拳怒目）我们就没路走了？

玉　春　不要急，急也没用。

魏莲生　（坚定地）开门，让他进来。

玉　春　也只有这样，有什么法子呢？

魏莲生　（一把抓紧她的手）玉春！

玉　春　要是我们刚才走了……（摇摇头）也走不了。咳，还
　　　　说这些干什么？（从桌上她的钱袋里掏出一个锦缎包
　　　　来）这是"我的"首饰，"我的"珍珠宝石什么的，我
　　　　知道你身上没有现钱，带着预备着吧。

魏莲生　（儿女情长）我……

玉　春　只要你不忘记我，我也不忘记你，我们不一定要守在
　　　　一块儿。我们分开了，也一样有路走。

魏莲生　（咬牙忍泪）是。（把那包东西装进自己衣袋去）

玉　春　（从右臂上脱下那只镯子）莲生，再给你这只金镯子，
　　　　真金不怕火炼，你带着它吧。万一有一天要拿它换钱，
　　　　它也能值几个钱呢。（把那镯子套在魏莲生腕上，藏到
　　　　袖子里去）
　　　　〔门环大震不休。
　　　　〔王新贵的声音：（大喊）"再不开门，我们打进来！"

玉　春　去开门吧。

魏莲生　（赌气）不去！

〔外面"咔嚓"巨响，人声涌进。

玉　春　他们把门闩弄断了。

〔人声已到门口。

〔王新贵的声音："站在这儿，别进来，把住大门，不许闲人进来！回头吓着了我兄弟。"

〔王新贵施施然自外来，俨然三军统帅的架子。

王新贵　老三哪，犯了案喽。

〔玉春端坐榻上，不动声色。

〔魏莲生站在屋里，庄严肃穆，挺起了胸膛。这是魏莲生平生第一次把胸膛挺起。我们不会忽视了这可贵的第一次。魏莲生将凭着这一挺胸的千钧之力，去走上他那崎岖无尽的生命的征程。

王新贵　（请一个安）四奶奶，大人叫我跟了您三天；您天天儿早上到这儿来，一来就把大门闩得死紧的。学戏不是这么学法儿，太过火了点儿。再说，我也忘不了在您屋里给我吃的那个"窝脖儿"，窝得我好下不来台呀。

〔玉春是视而不见，听而不闻的样子。

王新贵　老三，关着门总没什么好事干吧？刚才我话里套话，这么提醒你，你都不明白，你真是迷了心了。这就不能怨我作哥哥的对不住你。我是"食君禄，报皇恩"，吃谁的饭就给谁干。就算你是我的亲兄弟，事到如今，我也得大义灭亲了。可是咱们到底是好哥们儿，院长本来说要抓你下监，是我说了情，给你"驱逐出境"。只要出了这城圈子，你就爱到哪儿去到哪儿去，谁也管不着你。（走上前给玉春请了个安）四奶奶，奉大人之命，您可是还得请回公馆去。

〔外面忽然一片喧嚷，有斗殴之声。

王新贵　（神色一变，走向门口，大喝）什么人！抓起来！

〔话犹未了，已有人打到院子里来。有人被打倒之声，大门外的人声同被打的人的喊声乱成一片……

〔玉春和魏莲生虽然觉得奇怪，却没有动。

〔如一阵怪风一般，卷进了一个人。是马二傻子。衣服扯破了几条，脸上流血，目光如电。进门来劈胸一把抓住了王新贵的领子，跟着一拳；王新贵还来不及嚷，便一跤倒在地上。

〔马大婶气急败坏，跟着跑进来。

马大婶　魏老板！魏老板！魏……（看见马二傻子在打人）二傻子……

〔马二傻子不管三七二十一，挥拳痛打王新贵。王新贵拼着挨打不作声。

〔玉春仍旧坐着不动。

魏莲生　（走向前去）二兄弟，不打他。

〔马二傻子不理。

魏莲生　（面孔一板）住手！

〔马二傻子肃然，住手，站起来，但还是瞪着王新贵。

魏莲生　（转和缓）二兄弟，这种人值不得我们一打，他们还得活几年呢。叫他起来。

〔马二傻子俯身下去，一把将王新贵抓了起来。

王新贵　（拍拍衣上的灰，摸摸身上挨了打的地方）这是哪里说起。

马大婶　（面红气喘）魏老板，这是怎么了？

魏莲生　大婶儿，什么事也没有。您别替我着急，教二兄弟还是去赶车去。

王新贵　魏老板要出远门了。戏也不唱了。

马大婶　（着急地）不，不，魏老板，叫二傻子给您找刘署长去。二傻子……

〔王新贵冷笑。

魏莲生　不用，不用去，大婶儿。

马大婶　您认识那么些大官儿、阔人……

魏莲生　大婶儿。我魏莲生由今天起，一个阔人也不认识！

马大婶　（茫然）什么？

王新贵　好兄弟，说话有骨头。怎么样？该活动活动了吧？

魏莲生　（不理会）大婶儿，拜托您了。等我走了之后，去把李二爷找来；这屋子就交给他了。没了的事让他给我了，告诉他我短不了给他捎信儿。

马大婶　（泪流满面）是。

魏莲生　这屋里的零碎东西……（转向王新贵）我的东西总该由我做主吧？

王新贵　好，也由着你。

魏莲生　大婶儿，这屋里的东西，只要是您用得着的，您都拿去吧，我都送给您了。

马大婶　不，不，不，我不能，我不能要。

魏莲生　就算我寄存在您那儿的。

〔马大婶泣不能抑。

魏莲生　（向王新贵）王管事。

王新贵　老三，这回事可不能怨我，我们还是好弟兄，有什么事尽管嘱咐，做哥哥的一定效劳。

魏莲生　告诉你，我一点儿也不怨你，我也不托付你什么事。只有一桩，今儿个马家二兄弟打了你，算白打了。要是你仗势欺人，想害人，想暗算人的话，你就……（说不下去）

王新贵　（冷笑）看在你的分上，我不跟他计较。

魏莲生　（四面一望，坦然地）这回真走了。

玉　春　（站起来）莲生，是我害了你。

魏莲生　是你救了我。

玉　春　这是你心里的话？

魏莲生　我要是口是心非，叫天雷劈死我。

玉　春　莲生，天长路远，要你自个儿保重。

魏莲生　你放心。我将来也许会穷死，会冻死，会饿死，会苦死，可是我会快活一辈子。

玉　春　莲生……（眼圈红红地低下头去）

魏莲生　这一分手，咱俩就不定见得着见不着了。玉春哪！往后常想着我，常想着我的好处，忘了我的坏处吧。

王新贵　（冷言冷语）行了，差不多了。

〔魏莲生百虑全消，了无牵挂，向玉春点点头，朝外走。

〔玉春呆立无语，谁也猜不透她此刻的心情。

〔马二傻子瞪目不动，紧握双拳，怒满胸膛，目眦欲裂。但是他只能又叫了一声："妈！"

〔马大婶啜泣不止，是痛恨自己的无能？是痛恨世无天理？是伤心离别？

〔王新贵跟在魏莲生后面走出去了。

——幕下

选自《吴祖光剧作选》

中国戏剧出版社 1984 年版

作家的话 ◇

我想得很平凡，很平常，回绕在我脑子里的无非还是那些平凡的人，平凡的事；我的朋友，我的亲人，过去二十多年的可笑的小事情。说起来，人家会觉得可笑，也许更觉得简直是无聊；然而在我真是亲切，真是温暖；假如没有这些人这些事在我脑子里活动；那么每一次屋子里只剩下我一个人时，我才真的再也过不了日子了。

就是这样，那天有一个新剧本的题材涌现出了一点影子，有别于我从前写的《凤凰城》与《正气歌》的英雄的描写。这一次，我想写我自己，我的朋友，我所爱的和我所不会忘记的。

于是我常常在想了，把那些模糊不清的忆念重新刷洗清楚；把时间同地点重新组织起来；我再借重一点书，借重一点人间的另一些现实；再加上了我看到的想到的，和我正在作的；我整整想了一年半，又写了八个月，才把这又一个习作写完了。就是我借用了一句唐诗，叫它作《风雪夜归人》的。

就为了这个戏的人物有我自己同我的朋友们，所以这个戏对我更是感觉亲切的。我向往于它，正如向往同我睽别七年的北方的风雪；然而这并不是说我离开了"当年"便不能过日子。眼前我所爱的是更多了，更丰盛了，更可爱了。因此我在《风雪夜归人》中，不但倾吐出了我过去，今日的情感，也寄予了未来的渴望。

《再记〈风雪夜归人〉》

评论家的话 ◇◇

《风雪夜归人》写于1942年，是作者剧作上成熟的标志，也是他的代表作。他描写了他热爱着的北方艺人，他熟悉的、同情的底层人物，无情揭露与鞭挞了达官贵人。靠私贩鸦片起家的法院院长苏弘基，勾结了盐运使徐辅成，靠专门偷瞧别人隐私、向主子邀功的恶奴才王新贵，"法"加"权"还有"邪"就构成了旧社会统治阶级的代表，它像大网一样套在人们头上。被迫当四姨太的玉春深爱名旦角儿魏莲生，启示他明白自己的"红"是徒有虚表，实质是"顶可怜"的，是阔人的玩物，他们要自由地做个"人"，他们想跑，想飞，却逃脱不了。"我正是从二十年后潦倒的魏莲生在风雪之夜跑到苏家大院企图寻找昔日的温暖开场的，他在这风雪夜归了天。"祖光写戏重人物，重情理，而结构与情节都服从于人物的刻画。《风》剧的结构就很精干，序和尾是二十年后的同一天同一时辰，序在大花园内，尾在苏家室内，人物活动、台词都是相呼应着的，中间夹着三场正戏，是二十年前这些人的一段动人的故事。这样写法，人物的变迁、沉浮全呈现在观众眼前，戏剧效果强烈、动人……

……《风》剧中无论在玉春与魏莲生之间、魏莲生与如父兄般关怀着他的跟包李蓉生之间，包括魏莲生与老街坊马大婶之间，甚至在序幕中的乞丐儿甲、乙之间，都渗透着人与人之间的同情、爱怜，有点淡淡的伤感，但更多的是一股温暖。在黑暗的旧社会，正是这种感情给这众多受苦的灵魂带来了生的希望，人的尊严。

黄佐临：《〈吴祖光剧作选〉序》

郑 敏 ◈
金黄的稻束

郑敏，生于 1920 年，福建闽侯人。1939 年考入西南联大外文系，后转入哲学系，1943 年毕业，1948 年赴美留学，入布朗大学，1951 年转入伊利诺州立大学研究院，1952 年获布朗大学英国文学硕士学位。1955 年回国，任职于中国科学院外国文学研究所。1960 年调入北京师范大学，任外文系教授。早年著有《诗集 1942—1947》及关于英国诗人约翰·顿的论文。20 世纪 80 年代起出版有诗集《寻觅集》《心象》《早晨，我在雨里采花》及论文集《英美诗歌戏剧研究》等。诗作以诗意的幻美和灵动见长，善于营造幽深的意境以表达某种意念，受里尔克和西方音乐、绘画影响。是 20 世纪 40 年代后半期"九叶诗派"的主要成员之一。近年在研究后结构主义文论之余，致力于汉语语言变革和新诗创作的反思和检视，意在通过对本土现代资源的整理，建立自己的现代诗学理论。2022 年病逝于北京。

金黄的稻束站在

割过的秋天的田里，

我想起无数个疲倦的母亲

黄昏的路上我看见那皱了的美丽的脸

收获日的满月在

高耸的树巅上

暮色里，远山是

围着我们的心边

没有一个雕像能比这更静默。

肩荷着那伟大的疲倦，你们

在这伸向远远的一片

秋天的田里低首沉思

静默。静默。历史也不过是

脚下一条流去的小河

而你们，站在那儿

将成了人类的一个思想。

选自《诗集 1942—1947》

文化生活出版社 1949 年版

作家的话 ◇

　　虽说四十年代通过文化交流，中国青年一代诗人大量的接触到西方现代主义诗歌理论，特别是艾略特、燕卜生、奥登等人的理论和作品，但诗人们没有将自己纳入西方现代派的轨道。在四十年代中国现代主义诗人与当时的西方现代主义诗人之间存在很难超越的文化鸿沟。一个民族的作家在任何时候都不可能脱离他自己思想意识中的文化基因，他永远会以自己的民族文化为中轴，放射地联系外民族的文化，除非他的民族被完全的吞蚀了，即使是那样也可能要几十个世纪的消化，才能磨去他本民族文化的轮廓。因此四十年代的中国现代主义诗人是立足在自己的实际生活中吸收和借鉴世界当时的现代主义潮流的。在当时的中国诗坛上有两代现代主义诗人（编按：此处的两代指卞之琳、冯至一代和"九叶诗派"一代）。他们在语言上，思想感情上，文化背景上存在着很大的差别，但在他们的作品中可以找到下列一些共同的现代主义的诗艺特点：

　　1. 打破叙述体通常遵循的时空自然秩序，代之以诗的艺术逻辑和艺术时空。

　　2. 避开纯描写，平铺直叙，采取突然进入，意外转折，以扰乱常规所带给读者的迟缓感。

　　3. 在感情色彩上复杂多变，思维多联想跳跃，情绪复杂，节奏相对加快。

　　4. 语言结构比早期白话复杂，常受翻译文学的影响，形成介于口语与文学文字之间的文体，为了反映20世纪40年代的多冲突、层次复杂的生活，在语言上不追求清顺，在审美上不追求和谐委婉，走向句法复杂语文多重等现代诗语的特点。

5. 强调在客观凝聚中发挥主观的活力，与浪漫主义的倾诉感情不同。深刻的主观通过冷静的客观放出能量。

6. 离开外形模仿的路子，强调对表现中的客观进行艺术的解释，改造，重新组合以表现其深层的实质。

《回顾中国现代主义新诗的发展，

并谈当前先锋派新诗创作》

评论家的话 ◈

她仿佛是朵开放在暴风雨前历史性的宁静里的时间之花，时时在微笑里倾听那在她心头流过的思想的音乐，时时任自己的生命化入一幅画面，一个雕像，或一个意象，让思想之流里涌现出一个个图案，一种默思的象征，一种观念的辩证法，丰富、跳荡，却又显现了一种玄秘的凝静。……我知道她原是学哲学的，在她的诗中，思想的脉络与感情的肌肉常能很自然和谐地相互应和，不像十八九世纪的浪漫主义者们那样厌恶理性与思想，她虽常不自觉地沉潜于一片深情，但她的那种超然物外的观赏态度，那种哲人的感喟却常跃然而出，歌颂着至高的理性。

唐湜：《郑敏：静夜里的祈祷》

路 翎

蜗牛在荆棘上

　　路翎，本名徐嗣兴，另有冰菱、余林等笔名。1923 生于江苏南京。1939 年因投稿结识胡风，从此结下深厚友谊，成为"七月派"的首席小说家和 20 世纪 40 年代国统区文坛最为耀眼的文学明星之一。1949 年前已有《饥饿的郭素娥》《蜗牛在荆棘上》《财主底儿女们》（上、下部）、《燃烧的荒地》等总字数约计 200 万言的作品发表，同时还写下了大量文艺论战和理论文字，并有剧本《云雀》引起广泛关注。50 年代初将主要精力放在剧本创作上，曾在青年艺术剧院任职，1952 年底主动要求去朝鲜战地，在战地生活 8 个月，归来后接连创作了《初雪》《洼地上的"战役"》等大量战争题材小说和通讯作品。1955 年"胡风反革命集团"案发后被捕入狱，从此失去人身自由长达 20 余年。1981 年以病残之躯复出文坛，所作主要是诗歌、中长篇小说和回忆录，总字数约计 550 余万言，其中绝大部分生前未能发表，身后经研究者发掘整理，已有《路翎晚年作品集》行世。

一

　　黄述泰，由于各种原因，离开家庭，走入捍卫祖国的、穷苦的队伍后，他的女人秀姑的处境便明显地恶劣起来。由于嫂嫂的虐待，由于昧于世故，或如乡场的说法，由于年青，想男人——她为什么要这样年青呢？——秀姑便落在忧郁中。黄述泰，虽然驻扎得离村庄很近，也从不带一个信回来：好像这个年青的家伙是有着那种漂泊者的壮烈的对于孤独的抱负似的。但据人们知道，他们夫妇原是很怕羞的：他们结婚还不到半年。

　　黄述泰是种田的，哥哥则做棉花生意，大家和年老的母亲住在一起。秀姑懒惰而且沉默；丈夫离去后，就更懒惰，更沉默。在这种穷苦的家庭里，人们有一个原则，就是不生产者不得食；援用这个原则，嫂嫂便打击秀姑，断绝了她的粮食。于是秀姑逃亡了。她永远记得，在她离家的那天早晨，黄述泰买来的那口母猪生产了十二口小猪；黎明时她走过猪棚，走进去，在灰暗中蹲下来，照料，并爱抚那些小猪。

　　秀姑在乡间流浪，挨饿，想念着小猪们。对于她的流浪，她的对小猪们的遗弃，她怕黄述泰知道，又怕他不知道。总之，她不敢去找高傲的黄述泰。她娘家无人，无处可去，终于，在好多天之后——她自己也不知道是怎样生活过来的——她被介绍到三十里外的某个工程师家里来当女仆。

　　于是秀姑改称黄嫂，在异乡人的家庭里开始了她的新生活。工程师夫妇都是忧郁而又潇洒的年青人，境遇很好，因此秀姑依然可以偷懒。秀姑，像多半年青的男女们一样，是不知道，也没有能力知道这个世界对她的逃亡——她被遗弃，因此她遗弃了小猪们——以及对她的新的职业的议论和批评的。秀姑是蠢笨得可怜，是像一个软弱的生物。在她的新的生活里，她能够安然，像在一切种类的生活里一样。秀姑是玩弄着小小的狡猾，小小的愚蠢，小小的懒惰，在心里沉睡着可怜的，畏怯的爱情，而生活着。

秀姑在离开家乡三十里的"异乡"生活着。对于故乡，她是有怅然的思念；对于丈夫，她是有恐惧的思念。她很悲痛，觉得她是被遗弃了——但她还是很糊涂的；如人们常常看见的，秀姑是很糊涂的。人们认为秀姑决不会从悲痛得到经验。她是很多年，蒙受了大的羞辱，还不能认识方向，甚至不知道本乡的某些地名。她是很多年，蒙受了大的羞辱，还不能数清八双筷子。她是不知道离开故乡的人们是到哪里去了的；她以为任何别的地方，都是和她所生活的这个场合一模一样，她是不相信别的地方，别样的生活，别样的情感会存在的——即在今天，她也不以为工程师夫妇的生活是存在的：她以为它是好玩的，马上便会不见了。总之，假如人们深深地走到山野里去，随便地走进一个场镇，不寻找什么，而在白天的烟雾和夜晚的灯光下坐下来，那么便会经历到这个古国的某种深邃的情感，而理解纯洁的秀姑了。

冬日的晴朗的早晨。秀姑坐在台阶旁的石凳上，抄着手，并且闭着眼睛，在晒太阳。在她的闭着眼睛的神情上，在她的面部的轻微的颤动上，以及在她的呼吸上，这样地晒太阳，是完全像一头猫。女主人送工程师走出时，秀姑睁开眼睛：看见女主人伏在工程师肩膀上，而工程师在阳光里忧郁地，温柔地微笑着。显然工程师夫妇，在荒凉的山中相爱，有某种感伤。秀姑赶快又闭上眼睛，假装未看见。秀姑在心里替工程师夫妇担忧，轻轻地叹息着。年青的工程师理好围巾，轻轻地走下了台阶。工程师夫人走了进去。在寂静中听见雄鸡的啼鸣。秀姑动弹了一下，睁开眼睛站起来。

秀姑听见房内有风琴声。她觉得这是一种奇怪的声音。接着她听见女主人的低低的歌声。

秀姑走至门边，看见长发的，纤弱的女主人垂头在琴键上，低声唱歌。阳光照进窗户，在花瓶和穿衣镜上辉耀着。女主人是在那样深沉的，痴迷的情感里，未注意秀姑；她的长发披在琴键上。这是现代人最爱好的图景之一；这种图景，在现代，是最迷人的。这是漂流到荒凉的山中来的不知世故的小雏们的感伤的痴迷。秀姑在门前呆站着，直到这个天仙——秀姑觉得她是天仙——走进后房。

工程师夫人毅然抬头，起立，走进后房，好像对于这种感伤的恋情她已获得了结论。在寂静中，冬日的阳光在崭新的穿衣镜上辉耀着。秀姑被引诱，好像在伊甸园中夏娃被引诱，走到风琴前，按了一下。踏着风板，又按了一下。被奇异的声音迷惑，秀姑用力踏风板，把两个粗大的巴掌压到琴键上去。秀姑笑着，听着骇人的声音。

工程师夫人换了水绿色的睡衣，拖着拖鞋，在腋下挟着书本，显然准备睡觉的，走出来，以明亮的眼睛凝视着秀姑。

秀姑放了手。但即刻又用食指按最高音。

"太太，我轻轻地。"秀姑诌媚地笑着说，以为自己会博得女主人的欢心。

"我看你轻轻……"纤弱的工程师夫人恼怒地说，嘴唇战栗着，"放手！我看你轻轻地！"

秀姑脸红了——红到耳根，尴尬地笑着走出门。

"太太，要烧火不要？"在门外她突然停住了，叫，狡猾而又忠实。

秀姑叹息着，走下了台阶，走到门前的树下。她站住，凝望阳光中的山野。秀姑，这个爱情和生活中的无知的小雏，她站在这里的现在，心中有一种忧郁的感情：这种忧郁的感情，是另一个小雏，工程师夫人，在那种优美的布置中所表现的。

但秀姑很快便复元了。她在树下坐下来，抱着腿，看着蚂蚁打仗。在她的精神完全集中起来的时候，她便以奇特的资格参加到蚂蚁的战争里去了。

蚂蚁的队伍从荆棘丛中出来。太阳照在含露的草叶上，并照在蚂蚁们身上，使那些乌黑的小身体发亮。蚂蚁们在荆棘旁边交锋，秀姑看见有一个大的蚂蚁在愤怒地颤抖着。另一个则在笑——秀姑觉得是如此。秀姑突然觉得荆棘丛是大森林，阳光照进这个森林。并觉得蚂蚁是巨大而有力的动物。秀姑脸发红，笑着，伸手拨弄着那个她觉得在愤怒的负伤了的蚂蚁。秀姑感到敬畏与欢喜。

"嘘，你看哪！生气，是没得用的哪！呀，呀，你！你，好吧，你瞧！"她说。于是秀姑自己突然变成了蚂蚁。

当这个大的蚂蚁在荆棘丛中沉醉于战争的时候；当这个秀姑糊涂地忘记了一切，在阳光下做着小儿的嬉戏的时候，当伟大的世界照耀着阳光赐给这个痴呆的年青女子以幸福的时候——当战争和幸福都最浓烈的时候，有一个穿旧军服的，神情顽强的年青的家伙走上土坡，环顾了一下，向这边的房屋走来，而在看见秀姑的时候站住了，脱下了军帽。

这就是英雄黄述泰。

黄述泰听到了人们对于秀姑的议论——这些议论是很可怕的——昨天请假回家。在家里证实了这些议论，今天早晨便动身来找秀姑。像大半的年青人一样，因为要做英雄，黄述泰是对这些议论丝毫也不怀疑的。他的奇怪的坚决的表情显示了他的动机和目的都相当可怕；它们显然不是他的力量所能承担得起的。

黄述泰倚着槐树站下了，他的光头冒着热气，在手里提着军帽，愤怒地凝视着秀姑。

"喂！"终于他喊。

秀姑打寒战，转身，认出了黄述泰。面部有轻微的战栗，眼睛发亮，蹲在荆棘上，没有站起来。

"喂！"黄述泰，克服那种在女人面前惯有的生怯的感情，喊，并露出冷酷的笑容。

秀姑突然站起，但又向下看，奇怪地担心踩着蚂蚁。

她低下头来。但她失去了蚂蚁。她非常地犹豫起来。突然黄述泰奔向她，一拳击在她脸上。她的犹豫使黄述泰的激情找到了理由：黄述泰奔向她，把她击倒了。

秀姑迷茫，糊涂，倒在荆棘上。依然想着蚂蚁。

"蚂蚁呀！蚂蚁虫子呀！"她突然高声喊。

听见这样奇怪的叫喊，黄述泰以为秀姑在玩弄狡猾，于是揪住秀姑的头发拼命捶打。这是一场残酷的，无声的捶打；这是乡下小夫妇的一场恋爱；人类对于他们自己是惯于无知。黄述泰是狂热而蛮横，扬起了农人和兵士的大拳头。秀姑衣服被撕破，脸都青肿了；不理解自己为什么挨打，但觉得一切都不会错：阳光、蚂蚁、丈夫、荆棘，都不会错。在黄述泰的拳头的闪耀下，秀姑看见了淡蓝色的辉煌的天空，并看见一只云雀轻盈地翔过天空。秀姑看见，于是凝视，觉得神圣。秀姑咬着牙打战，挣扎着，企图使丈夫注意阳光和天空，而领受她心中的严肃和怜惜。在她的痛苦中，她是得到了虔敬的感情。

她停止了挣扎。黄述泰放开她的时候，她闭上眼睛，躺在荆棘上，觉得为了她所受的苦，那个温柔、辉煌、严肃的天空是突然降低，轻轻地覆盖了她了。她觉得云雀翔过低空，发出歌声来。

在她嘴边出现了不可觉察的笑纹。

"起来！"大兵叉着腰，喊。这个大兵，在依照祖先的法律，惩罚了他的有罪的女人之后，喊。

秀姑坐起来，眩晕着，痛苦而悲伤地向丈夫微笑了，不知道自己犯了什么罪，但希望丈夫饶恕她。而突然地，不管被饶恕与否，她在疲劳中感到那个温柔的、辉煌的天空，觉得异常的满足。她叹息了一声。

黄述泰希望她抗议，或者质问。冷酷的、敌意的笑容留在黄述泰的大脸上。

"你干啥子……走，找媒人去！"黄述泰大声喊。

秀姑看着他。

"找张学文！走，替我走！"黄述泰向前走了一步，喊，"不要脸的！不要说……你看吧，我叫你有本领！一刀两断，我当我的兵，干脆！"他站住，咬着牙，捋起了衣袖。

秀姑是突然明白了什么了。她明白了她的孤苦无依，明白了丈夫的感情，于是小孩般啼哭了起来。她带着流血的手臂和青肿的脸，哭着向丈夫走来。

"我哪些错！哪些错……哪些错……呀……我没得吃呀……"

"没得吃就偷人！"大兵吼着。

秀姑看着他，沉默，不敢再哭了。秀姑堕入黑暗，失去了刚才的阳光、天空、荆棘和云雀。那种由糊涂而来的虔敬和严肃，是被糊涂的恐惧和顺从代替了。

"叫你跟我走！"黄述泰冷酷地说。

"你说究竟……"

"走了就晓得！"

"我问太太……"秀姑可怜地说，用眼光征求丈夫的同意。

黄述泰冷笑着，做出蛮横的大兵的态度来，表示什么都不怕，走进门，站在台阶下。

"你家主人干什么？"他轻蔑地问。

"我不晓得……"

"快点滚出来！"大兵吼，叉着腰。

邻人们，伸头观看着。邻家的肥胖的张嫂快步从厨房跑出。工程师夫人走出内房，贴脸在玻璃窗上。

"太太！"秀姑喊。

"哎呀，你……"工程师夫人惊骇地叫，"那个兵是谁？"她问。

"我……男人，我的男人，太太。"

"他打你？"

秀姑不答，看着美丽的、惊骇而恼怒的女主人。

178

"他为什么打你?"

"不晓得。"

夫人严厉地皱着眉。

"那么他来干什么?"她抛开腋下的小说书,"说呀!做什么?不会说话吗?——我又没有听你说过你有个丈夫,啊!"

秀姑,在女主人走动的时候,想到了一个计谋。她突然跪下来,抓住了女主人睡衣的边沿,哭起来了。

"太太,救我,太太!"

工程师夫人皱眉看着她。显然地她是不惯这种崇拜的。

"到底怎样呢?说呀!"

"救我!他打死我,打死我⋯⋯"

"他还要打你?他是什么队伍?"夫人愤怒地说。

"不是⋯⋯太太呀,他是要我回去!他不要我了呀!不要我了呀!"秀姑大哭了,"我跟你磕一万个头,太太呀!"

工程师夫人,突然发觉自己没有叫秀姑起来,脸红了。

"起来,不像样,——他不要你,为什么?"

"我不晓得。"

"多么糊涂!你去问问他!"

秀姑走出来,迟疑地,恳求地看黄述泰,他又腰站在阳光下。

"太太问你为什么要找媒人不要我?"她怯弱地,但确信地问。

"叫你太太出来!"黄述泰高声喊。

工程师夫人皱着眉头走出来,红着小脸,愤怒地看他们。

"你这个人怎么这样没有礼貌!"她高声说。

黄述泰看了她一眼,即刻看着旁边,冷笑着。

"你为什么打你女人？她完全不错！她在我这里安分守己，邻居都知道！"工程师夫人站在台阶上严厉地说。

"是的，太太！"邻家张嫂大声说，"你打错了人！"她向大兵说。

工程师夫人走下台阶。太阳灿烂地照在她的优美的身体上。秀姑感激而不安。黄述泰皱眉，生怯地盼顾——大兵怕女人。

黄述泰退下台阶，除下了军帽。

"太太，不是我这个样子！太太你有所不知！"他说，帮助表白，他晃动身体，"……我是抽去当兵的！我哥哥……就是这样，我是不怕的！但是我一去，我这个女人就不规矩！她跑出来了，她又为何不在家里呢？"黄述泰，用乡场上说理的态度大声说——这种雄辩，是几千年的生活所放射的光华，"这都有证明。"黄述泰摇摆头颅，说："我黄述泰为人刚直！我请了假——请假不容易啊！"他说，以为工程师夫人认为请假容易。黄述泰，在入伍训练里是过着极其艰苦的生活的，现在，获得了一点成绩，感到得意了。"我是回来解决这件事的！然后我去前方杀敌，一无牵挂。这都有证明。"

"太太，他们是信任我，才让我请假的！我们就要开拔到万县去了！"他加上说，满意自己的军队生活，满意自己能够忍受那种艰苦，动着嘴唇看了工程师夫人一眼。

"那么，秀姑？"工程师夫人说。"他瞎说！"秀姑以为被女主人支持，突然大声说，"你信不过我，我自信不过你！我出来，嫂嫂要整死我啦！亏你是个男人！"

黄述泰战栗而苍白。

"你闭嘴！"他痛苦地叫，"跟我走！"

"我不走！"秀姑回答，哀求地看着女主人。

"既然这样，去弄清楚好了。"工程师夫人低声说。

秀姑猛然绝望了，恐惧地看牢女主人。她明白黄述泰的可怕的蛮横，明白她的故乡的险恶，并明白自己的软弱。……

"我不……去！"她痛苦地说。

黄述泰以发火的眼睛看着她。他记得她凭着女主人所做的反抗的。在她的恐惧里，他看出了乡场上所传闻的她的不洁。仇恨燃烧起来，他尖锐地冷笑了一声。

"那么，你们去吧。"工程师夫人淡漠地说。

黄述泰吼叫了一声。秀姑灰白了，沉默地站着。

"好，去吧。"忽然她简单地说，张开了嘴，伸出舌头，昏迷地笑着，跳下了台阶。她再未说什么。在她的这个简单的态度里，是露出了乡下女儿对于命运的顺从和认识——人们常常在山野中看到的那种顺从和认识。人们常常要为这种态度苦恼，因为在这种态度里，生灭于荒凉的草野中的生命和它的附属的一切是显得特别的简单。

二

黄述泰是傲岸而艰辛地疾视着他的故乡的，这种疾视，是这个时代的大半的年青人所蕴藏着的，黄述泰熟悉故乡的一切丑行和黑暗，在故乡蒙受着羞辱和损害，因此，在离开了以后便绝未想到回来。因为在故乡，不能像一个男子一样地站起来，并因为好多朋友都蒙冤而离开了，所以在抽丁的阴谋落在他身上的时候，他便豪爽地承担了；多年的动乱生活使他相信一个男子的事业是在宽阔的天地中，并使他相信，以他的年青，他将在异乡获得他在故乡绝不能获得的壮烈的生涯。这种壮烈的生涯，漂泊者的凄凉而英勇的歌，在他是成了无上的光明。于是他离开，诅咒故乡毁灭；期待多年后以漂泊者的身份回来，凭吊故乡的毁灭。

假若他心中还有对于亲人的爱情，假若他还有依恋，他便觉得可羞：这是在他的蛰伏在山野中的祖先们便如此的。黄述泰认为，一个男子，一个兵士，是应该疾视女人的，于是他便这样做了。在兵营中，黄述泰受着各种痛苦，但在未来的光明的慰藉下轻易地忍受了。经过几个月的内心的训练，他便确信自己是一个漂泊者了。

在现在这件事里，他的漂泊的抱负是要经受试验了——这是他自己很明白的。听到镇上所传闻的秀姑的不洁，他是愤怒而满意；于是冷酷，并满意这冷酷，确信自己是一个漂泊者。人们知道，山野中的英雄的青年们，是依照祖先的立法，把女人视为奴隶，把爱情视为羞辱的；经过严格的训练，黄述泰是更信仰这个；而乐于相信谣言，相信秀姑的堕落了。

黄述泰是要回来当着故乡的面——这个故乡侮辱他——做一件豪壮的行动的。他相信，在他的豪壮的行动里，故乡要战栗。他要先尝漂泊者的醉人的滋味。他的心中是燃烧着恶毒的激情。

走进场镇的时候，他是完全浸在对这个故乡的仇恨中，想到要杀死秀姑。黄述泰觉得，一个兵——他相信自己是一个兵——是可以杀人的，因为他是要被杀的。

黄述泰，为了对故乡的刻毒的仇恨，企图做一件豪壮的行动，杀死他的亲人和奴隶。年青的激情是惯于向自己的心复仇的；黄述泰以为，他对自己的心愈残酷，故乡便愈要战栗。

黄述泰，计算着怎样才能惊动乡场，领着他的奴隶走近媒人张学文家。

张学文这种人，在乡场上，虽然贫穷，却有着奇特的位置。这个张学文现在是坐在门槛上抽烟。他伸长了颈子，眯起眼睛看着走近来的黄述泰和秀姑，然后站起来，忧愁地摇着头。他细瘦、病弱，长衫没有扣，露出干瘪的颈子。显然他还未洗脸。门槛上放着一副旧污的纸牌：他刚才在研究纸牌。这个人的半生的决心，便是要在赌博上胜利：他是常常失败的。他拾起纸牌，数出两张，眯起眼睛来喷出了烟子。他这样对待黄述泰，好像刚才还见过面；好像黄述泰并不是兵士和漂泊者。

张学文，很迅速地，用他的气味和声音，拖黄述泰跌进昏沉的，无聊的故乡，而暂时地磨去了黄述泰的英雄的锋芒了。

"我来找你，张学文。"黄述泰振作了一下，大声说。

张学文的小眼讥刺地发闪着。

"啊，你逃出来的？"他秘密地小声问，希望博得黄述泰的欢心。他才想起来，黄述泰是一个兵。

"我请假。"大兵冷冷地说。

"啊，对了，听说过！"张学文说，看秀姑，然后，显然希望活泼——他的锐利的眼睛已看出了一切，但对于他，世界上的任何事情都是无所谓的——他摸着纸牌，"我开了三张门，今天早上，不容易啊！一、二、三！"他挑出三张牌，"你看这个牌如何？"他踮着脚，用大指头按紧了牌，白眼看牌。忽然他大声叹息："好，就是这叫好！"他摇摆头颅，说，同时看了面目青肿的秀姑一眼。

黄述泰明白他在装假——向严重的大兵讲牌——阴沉地看着他。

"我女人出街去了!"张学文忽然沮丧地说,看着黄述泰,"我近来时运不佳……喂,你们两个说话呀!"他说,露出了活泼的,嘲讽的微笑。

黄述泰手抄在裤袋里,皱眉看看草鞋;为了娱乐自己的眼睛,他扭动着冻红了的大足指。

秀姑机械地看着他的扭动着的大足指。好像他们可以从这里找出关于他们的命运的解答来似的。

"张学文,你做的这个媒!"黄述泰抬头,说,嘴唇打抖。

"怎样?"张学文假装吃惊说——他惯于如此,"我看你们两个是发生了关系啰!"他大声说,非常得意这句话。

"张学文,由你结的由你解!她不规矩,我要整她!"黄述泰严厉地说,看了秀姑一眼。

"怎样?说清醒点。"张学文拢起袖来,保留着假装吃惊的表情,简单地说。

黄述泰动怒了。

"张学文,我说你装佯!你这个人就是这点虚伪,不漂亮!"黄述泰以激越的高声说,"我看出来你装佯!你岂有不知道!现在我请你做证,我要整死她!我当我的兵,我当兵遭死,由我自愿!"

张学文——这个乡下的老滑头,是明了黄述泰的,浮上安闲的,生动的微笑,磕去了烟灰。

但在磕了烟灰之后,他放下了面孔。

"我不知道。我张学文做媒,讲的是义气。"

"张学文,你有人心没有?"

张学文不答，专心吸烟。

黄述泰看着秀姑，不理解自己，但下了决心。

"张学文，你要有人心！要不是地方上的面子家乡的情谊，我才不求你。"黄述泰动情地大声说，眼圈发红；他脱下军帽，豪迈地抱着手向猪栏走了两走；这种动作使他心里有奇特的欢乐，于是他追求这个欢乐，"我当兵的人就是死了一半！我要终生漂流，那么我决不甘心让人侮辱！我当兵的人还有哪一点不想，家乡欺凌我，我是什么都丢掉，所以我要在家乡面前站出来，洗刷清白，张学文，你听好！"他停顿。他倚着猪栏站立，垂下光头。那种奇特的欢乐，是逐渐增强，在他心中歌唱着。在这种突如其来的安命的，牺牲的欢乐下，先前所怀的恶毒的激情是被冲淡了，而对秀姑的某种深沉的感情抬起头来——这是他绝未想到的，"我不管这一切是不是真的，我是漂泊的人，我不要她。"他说，迅速地瞥了秀姑一眼，"我从来就不欢喜她，从来就不欢喜她！"黄述泰，回答自己心中的对秀姑的深沉的感情，欢乐地，顽强地大声说。

如人们所知道，在爱情里面，说着不欢喜，就是欢喜。但同时，因为这种欢喜或不欢喜，那些关于秀姑的不洁的谣言在他心里真正地刺痛起来了：在先前，这些谣言是不会刺痛他的；如大家所看到的，它们只是满足了他的激情。

"我不要她！我要整死——她！"黄述泰咬牙，颤抖，眼圈发红，大声说。

秀姑是非常地糊涂，在想着女主人唱歌。但突然听明白了这句话，失声啼哭起来了。

"哭也不中用，全是你自己，女子！"黄述泰兴奋地大声说。

黄述泰，倚在猪栏上，抬头望着明亮的天空；在他心里，唱起了漂泊者的悲壮的歌。

张学文不停地抽烟，无表情地看着地面，不停地从齿缝里吐着痰。

"我说两句你们小夫妻参考参考。"他忽然用安静的细声说，搔着颈子，浮上冷冷的，讥讽的微笑，"这一切，依我看来，全是误会！人心里面有恶气！你黄述泰穿上这件老虎皮，心中有恶气！黄述泰，你听人家播了是非，苦苦害得夫妻分离！啊！"他摇头，"人生不长久，黄述泰，夫妇间要心心相印，闲言最最听不得！否则在这个场上，我张学文也活不上三十岁！啊，要不然，心心相印，这是什么意义，老弟？"他笑着止住。

"我不问闲言不闲言，我就是如此！我总要一个水落石出！我要在这个场上洗刷清白！"黄述泰梦幻地大声说，"何苦辜负她的青春呢？"他妒忌地大声说。

张学文沉思着，微笑了。

"水落石出很容易啊！我现在不便说，你要后悔。"

"当兵的黄述泰决不后悔！"

张学文看他很久，嘲讽地笑着点头。

"好吧，那么你站开些——我不听一面之词。我问你，啊！"他向秀姑说。

秀姑哭着。

"黄述泰！"张学文抱歉地说。

黄述泰愤怒地看着他们，豪爽地转身走过了猪栏。

"好，女子，我们还沾亲，一定帮忙的——你这两个月赚的有钱么?"张学文诚恳地问，同时放任了脸上的狡猾的表情，如大人们在骗小孩的时候所做的。

秀姑含泪怀疑地看他，点了一下头。

"拿三十元给我。"张学文说。

"我……我只有二十元，张，张学文……"秀姑哭着，说。

"就是二十元，快些。唉，女子!"

秀姑明白张学文需要贿赂。她甘心贿赂，取出钱来——打开一层又一层的纸包——同时装出不懂事的模样。

"唉，女子!"张学文笑着说，迅速地抢过钱来藏起了。

"二天弄到钱，我再补你十元。"秀姑诚实地说。

"笑话，女子! 我们还沾亲，我岂要你的钱!"张学文说，冷笑了一声。"我拿这二十元，是替你买个帖子到镇公所告状! 说黄述泰行凶打人，又要遗弃你，懂吧，就是不要你! 等会在镇公所你要说话，我再帮你说! 你没有做错，一定打得赢! 那要得，我去买帖了，还做文章! 今天是我身上没得钱，不然我替你垫了! 我和你老人是知交……"他发出笑声，走到旁边去，拢起衣袖来。

秀姑觉得上镇公所是可怕的，想说什么。但黄述泰已从猪棚后面走出。黄述泰躲在猪棚旁边听见了他们的话，暴怒地走出，狞笑着。

"怎样，要打官司吗?"他恶毒地大声说。打官司这件事重新煽起了他的恶劣的激情；并助长了他的对全场复仇的愿望。

秀姑面色死白。但张学文静静地微笑着。

"老弟，公说公有理，婆说婆有理，还是上镇公所的好!"张学文指手画脚，"而且，你把她打成这个样子呀!"他说，异常满意地指秀姑。

"放屁！你骗她的血汗钱！"黄述泰叫。

张学文威胁地笑着，不答。沉默来临，冬日的阳光在破瓦屋和草地上辉耀着。黄述泰露出牙齿如野兽。

"好吧。"他冷酷地说，"你怎样，狗东西！"他大步跨向秀姑，妒忌地叫。

秀姑嘴唇打抖。黄述泰挥拳把她击到土墙上。

"老子杀死你！——辜负你的青春！"

秀姑贴在土墙上，垂头啼哭起来……

三

黄述泰气势凶猛地进入乡场。他回来，为了复仇和破坏，为了在复仇和破坏之后成为一个真正的士兵。如人们所看到了的，这个傻瓜，以年青的盛气酷爱豪迈的人生：忠实地当兵，预感到漂泊的长途的一切辛辣悲壮，认为此刻的刻毒的创痛将在回忆里给予哀矜的慰藉。

如常有的情形一样，他此刻已经领有了这种哀矜的慰藉。喧哗的，肮脏狭小的，旧破的乡场使他激动而又阴沉。他满意自己从此永远是这个乡场的毒辣的敌人；他满意他驱除了对秀姑的某种感情——他是异常骄傲，浸在对光荣的英雄的自觉中。他确定他要以对秀姑的残酷手段使镇公所战栗。他走在街上，蔑视任何人：他是曾在这条街上被这些人侮辱的，就在半年前，他还挨过镇公所的流氓的毒打，他走在街上，如那些带着英雄的生涯回来的，在心中感觉着怜悯和骄傲的孤独，在身边藏着金钱或刀枪的悍厉的家伙。

这个乡场是不留余地地教育了他，黄述泰，如喧嚣的城市，不留余地地教育了另外的一些年青人。但因为他是第一次做这种英雄的举动，他是显得太激烈，太不留余地了；从他的态度中，老练的人们是看出一种怯懦来，显然黄述泰从自己的生涯和人世的各种经营还不能获得那种哲学，如悍厉的漂泊者所获得的。

黄述泰走进茶馆，被熟人们招呼——大家都知道他回来干什么——骄傲地坐下。黄述泰皱着眉，冷淡地注视着熟人们。

于是，带着乡下人们的愉快的，好奇的态度，大家询问起来了。黄述泰的一个朋友，叫作刘应成的，瘦小的，卖针线的家伙走了进来，带着那种小的禽类的顽强的表情，在黄述泰左边坐下。他笑了一笑，但即刻严肃地，强硬地，僵直地歪歪头，如听到声音的母鸡。显然他是和他的光荣的朋友一同有着敌意；他是异常傲慢，不停地在嗅着鼻子。

但大家不注意他。大家为当兵的事发议论，又询问黄述泰。

"各位，休要替我伤心！"黄述泰皱眉，大声说，手腕战栗，"我杀——杀给你们看！"他发出僵冷的，虚伪的笑声。

"黄述泰，我以为你是过于操切！"刘应成说，即刻又侧头，嗅鼻子。他觉得，这句话，是只有他才有资格说的。

"一点都不！"黄述泰看着大家辛辣地回答，"我已经有很多证据！我是人，我什么都知道！我黄述泰已经在这个太阳底下生活了二十四年，兵荒马乱的年头，谈何容易！各位知道我也曾经种得有一点薄地，也有家庭老母！各位知道这个乡场上尽是畜生，我要生剥他们的皮！"他翘起嘴皮，笑着，脸灰白。他的手在抖动，撕破一块橘子皮。"这些畜生吞吃我们的谷子，又包庇兵役！但是我黄述泰并不在乎！我黄述泰自有抱负！现在是战火连天，各位，没有谁能保的住，发财的不会长久，死了的也不过是先一步！各位，我们亲眼看见什么都被别人吃光，那么今天办完了这件事，我黄述泰不带刀枪是决不回来！"他突然起立，抛下橘子皮，"吓，我黄述泰……"他冷笑，走出茶馆。

黄述泰，顺从着自己的激烈的情绪，战栗着走出茶馆。他满意自己的演讲，不愿留给别人以平凡的结尾，豪壮地走出茶馆。刘应成悄悄地跟随着他。

黄述泰走出街道，走到菜花地旁边。稠密的菜花在太阳下散发着气息。菜花地后面，是赤裸的土坡。远处则是淡紫色的、重叠的山峰。黄述泰凝视山峰很久，然后轻轻地走过菜花地，在土坡前的一棵树前坐下。黄述泰，以忧郁的眼光重新凝视山峰。峰顶上，因为太阳的照耀焕发着金光。

黄述泰，在爆发之后，面对着——突然地面对着山峰和菜花地，有了忧郁的，凄凉的感情。坐在树下，他抱着膝盖，脸上露出一种迷惑的表情来。忽然他轻轻地叹息。

刘应成拢着衣袖站在他旁边，看见他叹息，注意地侧头。好像听到声音的小麻雀。

"多好的黄花哟！多香！"黄述泰，忽然用忧郁的，感伤的低声说，带着那种迷惑的表情——这片土地，这些菜花，那些山峰，和周围的，散布在田野中的树落，是否也同意他的漂泊的雄心呢？——凝视着远处。

"黄述泰，你要再三想想。"

"你年青。"

"总要再三想想呀！"刘应成委屈地叫。

"你年青。"

刘应成叹息，笑了，兴奋而恍惚的笑，嗅鼻子，走进菜花地。于是突然地，这个尖脸的，影子一般轻悄的小东西，在菜花地中，因为浓烈的香气，活泼了起来。他跳跃，展开破衣，并激动地叫出声音。在村中，刘应成是以讨厌和神经病闻名的。如人们所看到，刘应成是时常有那种轻悄的，鸟雀的，神圣而猥琐的表情；人们觉得，这个小东西，是无重量，并且没有体积的，他的从一个声音从一种气味得来的神圣的感触，是无益而可怜的。人们觉得，这种小东西，是最好去当警察，因为他可以神圣地守卫一个木桶或一张纸达一整天之久，而在被长官痛骂了之后并不灰心；永远带着顽强的，鸟雀的表情，认为自己在尽最重要的职务。但他有时却会突然脱离这种强硬和痴呆，而活泼起来，不可收拾。在菜花田里，这个小东西的某种被压抑的心灵的渴望，是爆发了出来；他因黄述泰在观看自己而快乐，于是尽量地表现自己：人们是有着在亲切的人们的注视下表现一切的欲望的。

他跳跃，叫喊，打拳，学兵士操练，蹂躏了一大片菜花。他的这种骚动是完全不像年青人的调皮；它们宁是由于一个被压抑的孤独者的心灵的病症。这个年青的家伙，是带着一种神秘的，严肃的，古怪的表情来从事他的跳跃和叫喊的。因此他的身体总像是僵硬的。

他叉腰，在菜花上学兵士正步走，并在嘴里做出军号的声音。他的可怜的小脸发红，流汗了。黄述泰含着忧郁的笑容看着他。黄述泰接近这个人，因为这个人崇拜他，时常给出真诚的奉献。

"我要开拔了！"黄述泰大声说，使他停止。于是他停住，站在菜花中。随即他露出鸟雀的注意的表情来。

"我替你……伤心！是呀，伤心，黄述泰！"他说。突然他尖叫了一声，然后笑着，走近黄述泰。"黄述泰啊！"于是他动情地，带着做作出来的媚态，低声说："你的女人的事我不大清楚，不过又何苦呢？黄述泰啊，你难道不晓得你家里向来不和吗？黄述泰啊。我是伤了心啊！"

黄述泰高兴他这里谈论自己，讥刺地笑着，凝视着菜花田。太阳迅速地沉没了，一种寒冷的，灰白的光明舒展在田野上。

"你懂什么！"

"我不懂，那么黄述泰啊！"刘应成弯腰，说。

"一个人当了兵，自然就不要家，也不要女人！"黄述泰说，回答自己心里的深深的忧郁。

"你不总要回来，黄述泰啊！"

"决定不回来！辜负一个女人的青春呀，老弟！"

听到这句话，刘应成突然严肃了，嗅鼻子，鸟雀般侧头。

"那么，黄述泰，我是猜着了：你放不下心呀！"他细声说。"你还是和我一般死了心吧！"他用更细的声音说。大家都知道，由于各种原因，他是没有希望要一个女人的。

"菜籽花春天要黄，心不能死！"黄述泰，违背他自己的漂泊者的教条，以痴幻的大声说。因为周围的一切：菜花，幽暗了的山岳，以及田野上的寒冷的，灰白的光明要求他如此。

刘应成严肃地坐下来。他们沉默很久。

"在外边，要常常想念故乡啊！"

"当然，祖坟么。"

"这个地带，是也不能说不好！"刘应成用风水家或教书先生的口吻说，做作地笑着——他高兴能和黄述泰这样自由地说话，"你看这山，这土地，何其可爱！唯是人不齐心！我最爱下雨的时候去喝酒！你记得那次在山沟里喝酒回来么?"说完，他向空中吹了一口气，然后又伸手去捕捉这个气。但即刻他警觉了，恭敬地笑着。

"记得。"黄述泰说。

刘应成神圣地沉默很久。

"下雨了，我们……"他继续说起来。

黄述泰点头。

"我们跑到王家的田里放水沟，那是夏季。"刘应成注意地说，神异地凝视着远处的水田。

于是黄述泰被这个刘应成安静的，神奇的力量拖到回忆里去了。黄述泰眼睛发光，凝视着远处。

"我们放水沟。下的好大的雨，你说：苍天哪，我们无罪的小民哪！"刘应成把下巴抵在膝上，说，又向空中吹了一口气，但黄述泰未注意。

"身上全是泥巴。"黄述泰以苍凉的声音说。

"衣服又撕烂了！"

"那个宝贝寡妇骂我们，我们在雨里骂上她几点钟。"黄述泰痴幻地笑着，说。

"有趣呀！"

"这一片土地——百年的生活，百年的人啊！"黄述泰凄凉地大声说，站起来，看着幽暗的田野。

刘应成明白这个谈话已经结束，感到恐惧。他鸟雀般僵硬地侧头嗅鼻子，好像他很愤怒。

"黄述泰呀！"

"兄弟，各人有各人的路子！我是决了心了！"

想到秀姑，想到刚才的情感，想到往昔的徒劳的生活，黄述泰大脸打抖。于是刚才的回忆给他证明了他的决心，他的壮烈的抱负和毒辣的复仇是对的。但面对着故乡的惨淡的黄昏，黄述泰心中再无慰藉；特别刚才的谈话使他心中再无慰藉——他即将永远抛弃刚才所回忆的一切。他感到刺心的痛苦，站住不动，看着远处。

他急于完成一切，把自己交给命运。于是他迅速地越过菜花田走去。

"我到底要怎样办呢？"他，这个英雄，痛苦地想。

"黄述泰呀！"刘应成喊，接着是一声尖利的，好像是痛心的叫声。在黄昏的空气里留下了惨淡的印象。

但黄述泰未回答，并且未回头。黄述泰发出毒辣的，干燥的，漂泊者的笑声，大步越过菜田走去。乡场蒙着烟雾。场内有了灯火。

四

晚上到来，场内就笼罩着安详的空气，好像是一个家庭，室内有炉火和灯光，而把凄凉的冬夜关在门外：这是任何乡民都深深地感觉到的，所以他们爱他们的穷苦的故乡；这并且是一切旅客和漂泊者都感觉到的，所以他们爱这个古朴的小镇。这些旅客和漂泊者，偶然地停留在这里，望着这些藏在烟雾中的朦胧的灯火，望着移动着的人影，就会怀念什么；在心里藏着他们祖国的冬夜的黑暗和凄凉，而有深邃的感情，好像在恋爱，希望在任何一家这种油污的，嚣闹的小酒馆里醉一次。白天里，人们是惦念着头痛的事务，并且瞥见场外的广漠的田野，觉着不安的；但夜晚，人们就没有这种不安了。好像是，这个家庭虽然穷苦而濒于破灭，但总保留着那种古朴的风习；这是周围的田野，和散布在那上面的劳动所造成的。在这种小镇里，人们只要晚上有一碗面吃，是总会喊叫着："管他娘！"而使陌生的旅客浮上那种忧愁而文雅的苦笑……

完全像一个漂泊者，黄述泰是醉倒了。他是坐在熟人们中间，头颅沉重地靠在墙壁上，好久好久地凝视着对街，含着那种辛辣的微笑。在酒馆里，从水锅和菜锅里，腾出肥胖的热气来；这些热气朦胧了油灯的光明，朦胧了人声和人影，并且漂浮到街上去，和别家的热气相融合，朦胧了街道。这种热气是朦胧了，并且陶醉了整个的场镇。人们觉得，好多嘴巴都在咀嚼着，好多身体都沉重地躺倒；好多梦幻，凝成一个简单的，可以叫作梦之精髓的梦幻，随着这种热气在村镇里面飘荡。黄述泰是觉得自己在做梦，心里有难以言说的忧伤——他觉得，离开这一切，是不可能的——不知怎样就走到白天所坐的那家茶馆里来了。在茶馆里他看见了秀姑、嫂嫂、张学文，以及乡场的要人们。因为黄述泰明天要离开，镇公所是决定晚上就审判的。这个案件是轰动了全场的人们。

看见这些人，黄述泰就兴奋起来了。镇长揽着衣袖，向他笑着问了什么，他不答，倚在茶馆的木柱上，眼里射出愤怒的光芒。漂泊者的哀歌是又在他心中唱起来了。那个刘应成，带着禽类的表情，严肃地站在他旁边。

一个老头子，衣着臃肿，带着愤怒而焦灼的表情大声质问黄述泰。黄述泰冷笑，看着张学文。这个张学文在谦虚地笑着。

"请茶呀！"张学文叫。

黄述泰，被众人所注意，兴奋地瞥了垂着头的秀姑一眼。于是有人发笑。

"各位，这不是什么笑话！"黄述泰愤怒地大声叫。野兽般环顾，寻找发笑的人。

有人发笑，嫂嫂做出轻蔑的表情。

"各位！……"黄述泰，觉得被开了玩笑，狼狈地顿住。

黄述泰皱眉。看着门外，——黄述泰，在众人的笑语中长久地凝视门外。于是他明白：这个故乡是他的仇敌。

流浪者有无穷的天地，万倍于乡场穷人的生涯，有大的痛苦和憎恶，流浪者心灵寂寞而丰富，他在异乡唱家乡的歌，哀顽地荡过风雨平原，黄述泰敞开领口，轻蔑地微笑，凝视门外。

黄述泰，这个易于激动的家伙，是有着特殊的懦弱的。刚才，在酒馆里，他是凄凉地依恋着他的故乡，他的土地：他觉得他要哭出来。横在前面的血与死，对于他，像对于一切人一样，是可怕的。但一走进敌人们的集团，他便高举这血与死，轻蔑一切人生了。

因为那种对家乡，对秀姑，对自己的过去的顽强可怕的执着，他才回来的：只有他自己知道家乡、田地、秀姑对他有何意义。他是为了这些回来，演一个农人的儿子，一个妒忌的，恋爱着的丈夫的角色的。他是只能演这个角色，但为了对抗仇敌们，他却迅速地变成了漂泊者。像大半年青人一样，他是只明白他所希望的：成为一个漂泊的英雄；而不能明白那等待着他的痛苦和爱情。

突然有人在茶馆门口大声唱歌。这是一个秃头鹰眼的，豪迈的家伙；他叉腰站立着。黄述泰看着他。

"可怜我呀，恩爱夫妻不到头！"这个家伙以讽刺的，优美的大声唱。

于是黄述泰，为了报复走进茶馆时的狼狈，大步走向这个家伙；难看地笑着。

"发财么？"他愤怒地尖声说，脸打抖。

唱歌的家伙闭紧嘴唇，讽刺地摇头。他知道怎样对付黄述泰，给大家寻开心的。

"你这个地痞流氓！"黄述泰愤怒地叫，举起拳头。

背后有声音叫："算了吧。"

唱歌的家伙闪开，同样地摇头，然后抱着手臂向街心走去。

"可怜我呀，恩爱夫妻不到头！"他以欢乐的，洪亮的声音唱。

黄述泰转身。站住凝视大家。于是人们看到了一个疯狂的，绝望的，凶手的黄述泰。他是，由了天意，到了悬崖边沿上了。

镇长不看黄述泰，拍灰，庄严地走了出去。秀姑垂着头，跟随着笑着的张学文走出。黄述泰以燃烧的眼睛看着秀姑，这眼光是充满凶杀，但也充满绝望的爱情的呼唤。

黄述泰站着不动。大家走过他身边。

"不要紧，有我！"嫂嫂走过他身边时小声说。

"放你的屁！……你要负责！"黄述泰疯狂地说。

"在这片茫茫的大地上，我黄述泰岂能有别的路走！"黄述泰想，愤怒地转身，脸上有疯狂的微笑，随大家向镇公所走去。他看见，在一扇敞开的门里，一个女人在静静地纺线。他以后永远记得，在朦胧的灯光下，一个女人在静静地纺线。

镇公所里灯光暗淡。长木凳上坐满了人，壁前站着人。镇长坐在桌后静静地吸烟：在桌子上，燃着两支半截的蜡烛。绅粮们没精打采地坐在镇长两边，坐在暗红色的，蒙着灰尘的对联下面。一个胖子在打呵欠，好几次伸懒腰，使对联在墙壁上摩出索索的声音来。

秀姑坐在前排，呆看着镇长桌端的蜡烛：假如她此刻心里有感情，那便是她在离开工程师夫人时所表现的那种简单的东西。张学文站在桌前，有礼地笑着，在镇长说话时走了回来。

人们低声议论，在镇长发言时静定。

黄述泰叉腰站着，脸上有疯人的微笑，看定灰白色的，高颧骨的，安静的镇长。

"各位乡亲，这件公案公有公断……"镇长翻纸张，咳嗽，不看大家，好像不大愿意，懒惰地说。于是开始了审判，像人类的祖先曾经做过的那样。"本来这是家事，不过我们的意思，"镇长看两旁的绅粮们，"我们是尊重出征军人。好，大家都风闻了一点，本镇长闲言少赘。这里是女人的状子！……是你的状子么？"他问秀姑。

在张学文的眼光下，秀姑点头。

"状子是媒人张学文书写的。为禀告事，"镇长突然咳嗽，以抑扬顿挫的高声念起来，"窃乡女秀姑，年二十一岁，父母双亡，于大中华民国三十一年春由乡亲张学文做媒许配于本场黄述泰。秋季，黄述泰被征出征，秀姑虽不学无德，然深知国者人之积，在家操劳诸事，未敢有怨。家佃薄田数亩，聊可糊口。惟自儿夫去后，嫂嫂霸占田地家务，百般虐待秀姑。秀姑以齐家为治国之本，事事忍耐，以全大计；惟有空床饮泣而已。"（镇长快乐，摇摆头颅，高声歌唱起来。）"后嫂嫂竟无端停止秀姑饭食达三日之久，秀姑以儿夫在外，深惧非言，不敢相抗，乃只身出走。于复合场告贷于乡亲王氏处，饥饿苦寒，几至绝命。后承王氏介绍于复合场外中央政府机关工程人员朱先生处为仆，乃得安身。虽如此，仍念念不忘儿夫，因一夜夫妻百日恩也。惟无处寻觅耳。不料儿夫黄述泰听信谣言，今日突寻至复合场，不交半语，拳脚相加，有伤遍体为证。后即声言遗弃秀姑，盖听信诽谤，以为秀姑有不贞之行为也。嗟夫，我中华礼义之邦，秀姑深明礼义，岂敢有不德之念耶！秀姑深爱儿夫，痛心已极，惟有拜托媒人张学文申诉于吾乡乡座暨显要诸公之前。秀姑平日为人乡里皆知，此种谣言显出于嫂嫂之口，断不可信！秀姑痛心泣血，惟求湔雪耻辱，还得清白之身，与儿夫和好如初，然后儿夫出征杀敌，秀姑死亦瞑目，幸乡座暨诸公明察焉！……幸乡座暨诸公明察焉！好。"镇长摇头，咂嘴，像喝了一口好酒；然后看着黄述泰。

秀姑恐惧着，嘴唇下垂如女孩。黄述泰狞笑。但嫂嫂起立。

"乡长，里面全是瞎说！张学文捣鬼！"嫂嫂比手势，愤怒地，然而伶俐地说。

张学文精神抖擞，向镇长和黄述泰甜蜜地笑着。然后向这个做嫂嫂的女人甜蜜地笑着。

"拿出证据来吧！"他说。

"秀姑不规矩，不然她哪里有钱使？她在家里偷懒，外头勤快！

她在复合场认得张家火房，就是他介绍她去做事的!"

"嫂嫂!"秀姑叫，嘴唇战栗着。

"张家火房吴小烟，他那回跟秀姑偷着送东西……"

"好了，定了!"黄述泰疯狂地大声叫，为了打击周围的使他发狂的一切，猛力把秀姑击倒。

黄述泰，被包围在这些人们中间，想着往昔在这个镇公所所受的凌辱，是发狂起来，孤注一掷了。镇长用来念呈文的得意的，唱歌般的声音是使黄述泰愤怒得打战，所以他一时说不出话来。这就是说，这个激烈的家伙，是一定要用一个可怕的声音或动作来开场的。在秀姑向凳子中间倒下去的时候，黄述泰狰恶地冲到镇长的桌前，以至于那个打呵欠的肥胖的绅粮吃惊地站起来，伸出了双手。

秀姑，挨了可怕的一击，倒到凳子的间隙中去，于是所有的人全站起来，发出沉重的呼吸。秀姑感到完全的黑暗，小孩般垂着嘴唇，恐怖地凝视着黄述泰，迅速地爬起来，仍然凝视着她的黄述泰。

但镇长却显得很冷静，抬起苍白的脸，看着喘息着的黄述泰。

人们觉得，有很多人将要说话。沉重的呼吸声继续着。于是发出了那个做嫂嫂的女人的冷酷的声音。

"就是吴小烟，吴小烟!"这个女人说。

人们更觉得将有人要说话。于是在紧张的空气中，传出了一个强大的叫声。

"吴小烟在这里，黄述泰!"

那个叫作吴小烟的强壮的家伙挤着站立的人从门边向内走；他是激烈，愤怒，带着沉痛的友情，理直气壮。他走向黄述泰，愤怒地笑着。

"黄述泰……"他颤抖，咽口沫，"黄述泰认得我么？从小的朋友，认得兄弟么？"

黄述泰，在众人的注视下，浮着疯狂的，狼狈的微笑，看着他。

"兄弟，好兄弟！"吴小烟悲愤地大声说；他的高大的身躯，在暗淡的灯光和所有的眼睛的照耀下，露出一种尊严：这是正直的，准备为正直牺牲性命的人所有的。"黄述泰，你的媳妇受人欺侮，你的朋友不讲义气么？"

"你什么时候来的？"黄述泰以异样的声调问。想到吴小烟是被张学文找来的。

"刚来，来看你，黄述泰！"吴小烟骄傲地笑着说，"你的嫂嫂是什么东西！你自己没有心么！"

黄述泰是有心的，但掩藏了这个心；黄述泰，因为朋友的骄傲的微笑，浮上骄傲的微笑。这个笑容表示，漂泊者，是有权敌视平凡的真理的。

"黄述泰，去年子过年我到你家来过！我欠你二十块钱，交给大嫂的！黄述泰，你难道不知道这个事么？你难道不知道你的女人过着怎样的生活么？黄述泰！"吴小烟大声说，这种大声使所有的观众都愉快。

"你要装腔作势哪，吴小烟！"那个做嫂嫂的女人叫。

吴小烟回头，咬着牙。但黄述泰对他感到敌意，拦住了他。这种敌意显然是因为吴小烟所持的态度，黄述泰此刻是非常疾视这种正直的尊严的态度的。

"不相干！"黄述泰冷冷地说，"与你不相干，吴小烟！"

吴小烟愤怒地看着他。

"与你不相涉，吴小烟。我不要证据，我也不说朋友，我不说别的，"黄述泰严厉地顿住了。于是，带着豪壮与冷酷，他说了下面的于他自己是可怕的话，"我凭自己的意思不要我的女人！请镇长听好！"

"好了！"他想，看着镇长。

吴小烟冷笑，走到墙边去，靠着墙站定了。

张学文笑着看大家。

"这是出题了，出题了！"他向镇长鞠躬——他有鞠躬的嗜好——甜蜜地说。

"对了，这又是一回事。"镇长说。

"我看是算了吧，老弟！"张学文向黄述泰愉快地说，并发出笑声来。

"你胡说！"黄述泰吼。

于是张学文静止了一下。然后，这个张学文露出了严肃的，不可亲的表情。

"那么，张学文代表女子，告你的是这件案子，除非你拿出证据来！"

"我不要证据！"黄述泰凶恶地说。

"吴小烟在这里，决不干休，吴小烟名誉要紧！"吴小烟大声说，使大家愉快。

黄述泰，如大家所看到的，是彻底地走到仇敌的地位上去了。不管他自己愿意不愿意，他是一步又一步地下来，不能回头了。于是，在他的面前，是只有漂泊者的那条可哀的道路了，于是，这个多少有点不真的漂泊者，就在众人中间变成真的漂泊者了。于是，他的复仇，就并不如他所想象的那样；他的复仇，就变成被众人所遗弃的孤独者的那种复仇了：这个孤独者，是不甘心被遗弃的。于是黄述泰心里就有了那种特殊的懦弱；但他是非常地骄傲，将为骄傲而死。

黄述泰，在吴小烟喊叫的时候，愤怒地盼顾，随即他向张学文冲去，准备着他的猛烈的一击，但吴小烟大步跨上前，架住他。

黄述泰，如失败的野兽，闪开吴小烟，向他的秀姑冲去：携带着他的猛烈的一击。但吴小烟猛力拖住他，愤怒地向他笑着。

"朋友！"吴小烟说。

"她家无人，我做的媒，现在我做主！"张学文向镇长打躬，高声说，"现在我是原告，我告了你，黄述泰！现在国家讲民主，你无端打了她，侮辱她，我告你一个遗弃罪！我要告到县里去，告到省政府那里去！"他严肃地停顿，"假如你黄述泰不愿意，我当然不叫你们团圆，——秀姑自己也不要你这种男人！她宁可守寡一生！说，如何？否则就先告你一个罪，马上就拆开！"

"马上拆开你们！赔偿损失，拿出证据来！"张学文愤怒地大声说。

黄述泰，明白自己上了嫂嫂的当，明白自己无理可说，含着疯人的笑容看着蜡烛。

"我是遭了骗了！狗肏的！"他想，站住不动。

"马上拆开！"那个做嫂嫂的女人愤怒地叫。

黄述泰凶恶地看嫂嫂，看张学文，看一切人，然后站住不动。

"我要杀死她！"突然黄述泰吼，跳上前。

"慢点慢点！"镇长大声说，使黄述泰站住——黄述泰，在迷失的痛苦中本能地服从了这个环境的权力——"拆开很容易，先说证据来！先说来！诸位意下如何？"他笑着问绅粮们。

绅粮们，是显得漠不关心地坐在壁前的。现在，高兴有发言的机会，笑着欠腰。他们，由于老练于人生，是已经看出了黄述泰的心，虽然未看出这颗心里的被漂泊的壮志所支持着的最严重的一部分。

"小夫小妻的，由他们去吧。"他们，晃动各样的头颅，一致地笑着说，好像谦让酒席的座位。

"他们要拆开呀！"那个串通了大家，并串通了小夫妇们的害羞的爱情的张学文叫，发出了响亮的笑声。

"没有这容易拆开！我要打死！打死！"黄述泰叫。"我怎么这样不成，怎么这样！"他想。

"听我说两句！"那个在茶馆里训斥过黄述泰的，总是愤怒而焦躁的老头子，从众人中间起立，愤怒而焦躁地说，"我知道这都是谣言，不管是哪里的谣言！女子是好人！吴小烟更是正直！黄述泰迷了心！现在我请镇长不问证据，我是证据！现在请镇长问他们夫妻的心！我说的是实在话！"

"诸位以为如何？"老人坐下，镇长问绅粮们。

绅粮们欠腰。

"那么，我做镇长的负责证明，都是谣言。"镇长，不自主地露出那种嘲讽的，为揭破可喜的秘密的人所有的微笑，说。这个微笑表示，那个他们大家都知道的善良的欺骗或愚弄已经完结，现在有趣的收场就要到来了。"我郑重声明，"镇长继续说，"女子是清白女子，黄述泰还是上前方杀敌！那么，你们郑重回答我，"（镇长郑重地向烛光伸头）"是不是要拆开，然后我判决。"

"黄述泰！"镇长翻白眼，喊。

但黄述泰，在这个要紧的关头，却突然坐下来了。他是显然有些沮丧，因为他无论怎样努力，总不能达到他的使镇公所战栗的英雄的目的；为了达到这个目的，在那种英雄的豪壮中，他是愿意牺牲纵然是无罪的秀姑的。所以他现在不知应该怎样做了：他的悲剧的心愿，是被别人当作喜剧娱乐了。这些人所精心造成的嘲弄的，安静的气氛，是把他困住了。

黄述泰，在沮丧中瞥了秀姑一眼：大家都满意地看到了这个。

"我说拆开！"嫂嫂大声叫。

有人发出嗤声。黄述泰，好像很安静，垂下眼睑。

"黄述泰，啊！"吴小烟说。

黄述泰起立，好像大家要求他如此。于是黄述泰听见了背后的乡人们的沉重的呼吸声。

"镇长，我说：拆开！"黄述泰灰白，以战栗的声音说。黄述泰，感到是什么别的东西在自己体内发声，同时瞥见了漂泊者的，在黑夜中显现的惨白的道路。同时，黄述泰绝望地听见背后的庞大的，沉重的呼吸声。

张学文发出干燥的笑声。这笑声令他痛苦。他坐下瞥了秀姑一眼。于是他暴怒地跳起来。

"完了吧！我去了！"他，这个失败者，做了豪壮的姿势，但站住不动。显然他还在等待什么。

"慢点。"镇长皱眉，"女的说。"

秀姑站起来，胆怯地看镇长，看张学文，然后看丈夫。她明白她的绝望，但听见背后的沉重的呼吸声。她含着痛苦和爱情凝视黄述泰，企图使黄述泰明白她背后的沉重的呼吸声，企图使黄述泰明白，正是因为这沉重的呼吸声，她敢于当着全世界有痛苦的爱情。

黄述泰麻木地向她动着下颚。

"不要，不要拆开啊，我的亲人！"在大的寂静中，秀姑以尖锐的声音说，"我从不做坏事，我心中有你！你要这样，我马上就去死，亲人啊！"她说，凄凉地微笑着，眼里有晶莹的光辉，"不管怎样，我不怪你！吴小烟那次送钱来，是二十元钱，我没有告诉嫂嫂，嫂嫂恨我！我没有饭吃！你在家的时候我还有饭吃！本来不该你当兵，你去当兵，你着了迷，我们好命苦啊！"

沉寂了一下。于是秀姑失声啼哭。

"我们一直到死，一直到死，亲人啊！"秀姑举手蒙脸，抽搐着，说。

在所有的脸孔上，出现了严肃的，悲哀的，满足的笑容。在黄述泰的大脸上，出现了严肃的悲哀的笑容。

"够了……"黄述泰以极低的声音说，垂着头。

于是黄述泰心中的火热的熔岩爆发了。他是在绕了一个可怕的圈子之后，成为他所渴望的英雄了。

"当兵，你们！"黄述泰忽然抬头，指着镇长，以激怒的大声说，"你们包庇兵役！你们私贩鸦片！你们土豪劣绅！你们欺凌穷人！"

在寂静中，乡人们的沉重的呼吸波浪般起伏着。

"你骂哪个！"镇长小声问。他的灰白的脸上，和所有的人脸上一样，因秀姑的动人的胜利而有严肃而悲哀的笑容。很奇怪的，黄述泰的叫骂增强了他们这个笑容。

张学文笑着拍手。

"我是家破人亡，哪个敢碰我！"黄述泰叉腰，踏脚在凳子上，大声叫。

"不要吵，不要吵，怎样，拆开么？"镇长笑着问。并笑着盼顾绅粮们。

黄述泰走向吴小烟。吴小烟抱手倚在墙上，正在等待这个，以一个坚定的冷笑迎接了黄述泰。

"吴小烟，等下我请你喝一杯！"

"谢谢你。"吴小烟说，离开了墙。"各位看清白了，我吴小烟对得起朋友！"他大声说，不看黄述泰，笑着走了出去。同时，那个做嫂嫂的女人大声叽咕着，走了出去。

"吴小烟！……"黄述泰喊，有些狼狈。"你们这些剥皮吃肉的混蛋！"他突然转身，指骂绅粮们。"你这个为虎作伥的臭东西！"他骂张学文。

张学文抚摩手掌，大笑了；像旧戏里面的军师。

"如何？如何？镇长你看如何？啊，黄述泰！"张学文说，咂着嘴。

乡民们发出笑声，又沉默，挤到两边的墙壁前，给黄述泰让出位置来。镇长讥刺地微笑着，在快要点完的蜡烛后面凝视着黄述泰。绅粮们，坐在他们的位子里，抬着各样的头颅，带着严肃的，稀奇的表情凝视着黄述泰。

黄述泰在大家所让出的位置里蹦跳。慷慨地指骂这些包庇兵役，私贩鸦片，强奸妇女，欺凌穷人，侵吞公款的绅粮们。但这些绅粮们，仿佛和秀姑一同做了那种可惊的爱情表白，仿佛在恋爱，仿佛有些羞怯，对待黄述泰是非常的温和。在先前，他们是懒散，不振作的，但听秀姑的表白时他们却活泼起来了；好像一种清醒的，善良的感情是在他们的蠢笨的躯体里苏醒了。因为这种感情被乡民们的善意的笑声刺激得更强大，他们就乐于被骂，乐于依照乡民们的期望，演起滑稽的，善良的角色来了。

乡民们，从这样的收场里，是得到了一种幸福的感觉。他们不时发出善良的笑声，赞美黄述泰的可笑和英勇；并赞美绅粮们的可笑和英勇。乡民们是沉浸在秀姑所启示的爱情里；绅粮们则是沉浸在乡民们的赞美的笑声中。他们之中，是没有一个人想到黄述泰所骂的话的严重的意义的；仿佛包庇兵役和私贩鸦片都是很有趣的事情。

而在这些动作和笑声中，包庇兵役和私贩鸦片的确就变成很有趣的事情。——从这些动作和笑声中，人们就看出来，中国，是以怎样的力量生活下来的了。

但黄述泰却是愤怒而严肃的，没有注意到在周围是这样的笑声。被乡民们的笑声所鼓舞，黄述泰是得志，豪荡而自信。他叉腰站在桌前，愤怒地指名叫骂；他觉得他是胜利了。

"你是混蛋！……"黄述泰骂镇长旁边的胖子，兴奋得打抖。

胖子拢着衣袖，笑着点头，似乎承认自己是混蛋。

"黄述泰，你的媳妇……嘻嘻，嘻嘻。"胖子小孩般说。

"你私贩鸦片，侵吞公产！"黄述泰骂瘦子。

瘦子，像一切瘦子一样，烦恼地皱着眉。

"你太开心了，黄述泰，啊！"瘦子烦恼地笑着，说。然后有趣地看着乡民们，好像说："看哪！他骂我哩！"

乡民们发出善意的笑声。于是黄述泰突然站住不动，有了一种感觉：觉得自己是击在什么空虚的，无形体的，柔软的东西上面；觉得自己的敌手是什么一种有吸力的，不可见的东西。他顿然发觉，他是被吸尽了一切，从骨髓到血液，而站在嘻嘻的笑声中。于是那种在乡民们是善意的，温暖的笑声，对于怀着悲愤的，辛辣的黄述泰，是成为冰冷而可怕的了。

好像发怒而击打空气的小孩一般，黄述泰是击打了什么一种东西，突然觉得自己并未打到什么，感到沮丧和烦恼。但他，这个小孩，因为不理解这种东西，所以还要试验一下：他跳起来，做了最后的一击。

他撞桌子，使蜡烛倒到地上去：于是镇公所便黑暗了。他高声吼叫，渴望得到敌意的反应；他的嘴唇因渴望流血而颤抖着。

这使得乡民们肃静了：大家都从兴奋中理解到一种必要，站到黄述泰一边去，期望绅粮们给出敌意的表现来。绅粮们全体都站了起来。

"吓，黄述泰，算了吧，你多么高兴啊！"那个瘦子嘲笑地说。

"黄述泰，算是新婚，要请客呢！"镇长开玩笑，说，盼顾绅粮们。

绅粮们点头，笑着，适宜地开始撤退。于是，在他们的这种狼狈而又天真的表现下，乡民们恶意地笑了起来。黄述泰安静了，在黑暗中站着。

"要请客呢！"墙边有人恶意地叫。这恶意，是针对绅粮们，而用来提示黄述泰的。但黄述泰沉默着。

"黄述泰，时间不多啦!"张学文大声说，在黑暗中笑出了嘹亮的声音。

那个刘应成，是一直站在墙边的，现在，走向黄述泰，拉他。他的秘密的小声和黄述泰的沉默使大家又笑了起来。大家觉得黄述泰是在害羞。大家在黑暗中兴奋地移动，碰响凳子。

绅粮们退走以后，在黑暗中，大家有一种兴奋：这是在黑暗中聚合的人群常有的。

"大家抓住他，把媳妇儿留下!"张学文，满意自己的功绩，有些依恋，在门口喊。

"把媳妇儿留下!"那个在街上唱歌的男子激昂地喊。

"留下! 留下!"乡民们，确认黄述泰是在害羞，杂乱地喊。

乡民们，是一直在兴奋的情绪中。最初是幸灾乐祸，其次是为秀姑的表白而喜悦；而在喜悦中，是用笑声赞美了黄述泰和绅粮们。最后，有一部分人，在绅粮们退出时，是有了恶意：希望这个精疲力竭的黄述泰行凶。而在绅粮们走后，他们是确认黄述泰害羞，把他们的兴奋集中到黄述泰身上来了。他们是把空气弄得欢乐而单纯，围着他们的黄述泰吼叫起来了。

但黄述泰却并不害羞。他沉默一回，黄述泰感到刺心的悲伤，在黑暗中淌起眼泪来。他自己是不知道有哭泣的可能的：他在黑暗中，在众人的兴奋中沉默，低下了头，于是多量的眼泪涌了出来，滚过发烧的面颊，落到地上去。他长久地无声地哭着。不再感到周围的人们，而在眼泪中凄凉地安慰了自己。

"把媳妇儿留下! 留下!"大家喊。

"不要开玩笑!"刘应成以胆怯的小声说。一面触黄述泰。

黄述泰抬头，看了秀姑一眼，往外走。秀姑和刘应成跟随着他。

大家发出欢呼，拥到腾满烟雾的，灯火朦胧的街上，大家的兴奋是那样强大，他们的呼喊号召了各处的人们：这些人，从酒馆或店铺中，快乐地跑了出来。于是大家拥着秀姑和黄述泰，组成了奇怪的乌合队伍，纯粹地为了欢乐。这些妇女和男子，是完全不知道，在镇公所的泥地上，是留下了英雄黄述泰的悲伤的眼泪的。

那个唱歌的家伙，摇摆着手臂，叫喊着，走在大家前面。小孩们跑在更前面。

"宣一个布，宣一个布！黄述泰讨新媳妇！"

橘皮和纸团，从各处向黄述泰夫妇抛来。

"戴起花花来，当兵的！"

"天温地厚出情人呀！"张学文，被自己的功绩惊吓，站在酒馆门口喊。

一个肥胖的女子从半开的店门里拼命挤出来——她是过于肥胖——跑到街边，不知何故，兴奋到发狂，蹲下又站起，拼命地拍手，然后以粗哑的大声唱歌。

"板凳儿，菜籽花儿黄！……"

"花儿黄，花儿黄！"那个唱歌的流氓叫，"如今是，恩爱夫妻又团圆，花儿，凳儿，黄！"

人群发出喊声，挤过乡场的街道，挤过被朦胧的灯光所照耀的街道，拥过黄述泰的故乡的街道。黄述泰，是从未想到会在故乡，为了失望的爱情和失败了的英雄心愿，得到这种酬劳的。

黄述泰夫妇被人群拥着前进，以至于真的有些害羞起来。黄述泰，觉得秀姑在身边，觉得她是被播弄得太痛苦，然后突然想到，他即将离开秀姑和故乡，去接受血与死。"这些人与我有什么相干？"他想，站住了。

这个漂泊者，在他的家乡给他造成的喜剧里面，站住了。

"各位，不许开玩笑！"他愤怒地喊。

周围发出笑声……

"各位，这是悲伤，非常悲伤！（被叫声和笑声淹没）各位！家破夫妻离散，谁不痛苦！各位全是那些畜生……你们没有人心！"他悲痛地大声喊。

静寂笼罩了人群。但即刻又有笑声出来。他愤怒得发抖，看了秀姑一眼，突然推开面前的人，向空旷的，黑暗的街道奔去。

黄述泰大步奔跑，看见镇长和那个胖子站在路边，跑过去，猛力地把镇长击倒，跑入黑暗，跑出了镇口，初升的月光，在绝对的宁静中，寒冷地照着田野。

看见镇长被击倒，人群发出了快乐的喊声。在这个喊声中，秀姑惶急地盼顾，露出被囚的小猫的神情，秀姑偷偷地溜出人群，然后沿黑暗了的路边跑起来，刘应成追随着她。

秀姑在镇口的月光下发出凄惨的喊叫。

"你在哪——里呀？"

没有回答，秀姑跑上石板路，跑过菜花田。

"你在哪里，在哪里呀？"

"在这里。"黄述泰，从土地庙后面出来，阴沉地回答。他望了望场口，放下手里的两块大石头。

刘应成奔了过来，极其严重地站下，鸟雀般侧头。

"你发疯！黄述泰，你发疯！"他愤怒地责备着。这种愤怒，如

212

黄述泰常在刘应成身上发现的，是一种谄媚。显然这个小家伙是经历了非常的印象，异常激动了。

黄述泰冷笑，看着场口。一个高大的身影在宁静的月光下沿菜花田走来。黄述泰迅速地迎上去。

"吴小烟!"黄述泰大声说，"吴小烟……"他悲痛地顿住，不知应该说什么。

吴小烟安静地吸着烟，带着健康的男子所有的爽朗的微笑凝视着黄述泰。在月光下，他的强壮的笑脸苍白动人。

"吴小烟，对这个场，老子要斩尽杀绝!"黄述泰激动地，悲愤地大声说。

吴小烟点头，看了秀姑一眼。

"多好的月色啊! ——你明天走吗?"

黄述泰激动地向吴小烟的手臂伸手，但又缩回来，因为他的错失，这个深沉的吴小烟令他畏惧。他一瞬间显得扰乱。

"兄弟此去关山万里，怕难得回来……"黄述泰以强有力的低声说，眼睛看地，怕显得不诚恳，"兄弟，别无挂念，就只这个女人，她年青无知啊!"

吴小烟了解地微笑着，安静地抓住了黄述泰的手臂。黄述泰抬头，感到花香，月光，友情和人世的凄凉，含泪凝视着吴小烟。

笑容从吴小烟脸上消失：吴小烟皱眉，痛苦地向着田野。

"兄弟!"他微弱地说，笑了一笑。

刘应成神奇地看着他们。

"你回家么? 不早了。"吴小烟恢复了，忧郁地问。

"回家。"

"送你一程。"

"不必了。"

刘应成无故地发笑。于是他们向山坡走去。他们在月光下沿菜花田走去。田野寂静，有冷风吹来。侧面的山上有林木有涛声。

"黄述泰，我以为你的事总要安心细想，不要上别人的当!"吴小烟大声说。

黄述泰，短促地笑了一声。刘应成也笑了一声。冷风吹过菜花田，发出轻微的声响。……

五

辞别了吴小烟和刘应成后，黄述泰领着秀姑继续地沉默着向前走。但走到山坡转弯的地方，黄述泰表现出一种意志，在冷风里忧郁地站了下来。

"我们这里歇歇吧。"他简单地说，看看村镇，看了秀姑一眼，跳到石块上去。

他踏着杂草和干枯的苞谷，并在石块上跳跃，爬到山坡上面去。秀姑沉默地跟随着他。他在一棵柏树前面站下，转身，以一个长的凝视投向村镇。村镇蒙着烟雾，安静地蹲伏在月光下。

在村镇左边，黄述泰看见一条弯曲的小河，这条小河从山丛里出来，在地势低落的地方形成瀑布，在此刻的寂静里，黄述泰可以听见水流的激响。在村镇的右边和后面，是布满林木的高大的山峰和峭壁，一些奇怪的树木从峭壁上伸出来，覆盖了村镇的一排低矮的房屋，在冷风吹动的时候，他可以听见一种悠远的，深沉的，浪潮般的声响。月亮是升在左边的山峰上，照耀着这一片洼地，使小河和瀑布闪出晶莹的光芒。那两种声响，瀑布的声响和风吹林木的声响，是结合起来，成了这一片土地的忧郁的歌声。村镇，被小河围绕，蹲伏在山下，蒙着烟雾——在山里，是终年有着烟雾的——宁静地安息了。

黄述泰，看不见任何灯光，站在冷风里，感到一种渺茫。但他忽然觉察到秀姑在身边。

"你看那边的河水，我总在那边洗澡的!"他说，在石块上坐下来。

"你坐坐。你冷吗?"他问。

"不冷。"秀姑坐下了，冷风吹起了她的头发。

"脸上的伤好些吗?"黄述泰问。

"好些。……早都好了，真的。"秀姑诚恳地回答。

黄述泰，在秀姑的这种回答下，浮上一个了解的，嘲讽的微笑。于是他乘机把秀姑揽到怀里来。

"我真不忍……"他顿住，笑了一声。

"真的，早都好了! 好了一阵子了!"

黄述泰搂抱秀姑，轻轻摇摆，含着凄恻的微笑凝视着他即将离开的故乡的土地。

他凝视着月亮。在满月下面，从山峰上，升起了大片的黑云。

"伤心得很，要走了!"

"不要……不要伤心!"秀姑小声说。

"怎得不伤心呀! 被人欺骗，丢下了你，你一个人，在这个世

215

上……说不定，"他沉默，沉思，"我早就说过，辜负你的青春啊！怎样办是好呢，我们是走投无路……啊，你看那黑云遮住了月亮。"

"它遮住了月亮。"

"田地暗起来了。风轻轻地吹。山上的树在响，嘘——你冷?"

"你的军服单。"

"我不冷。我心里是发烫啊！是像那山上的树一样在响啊！"

黄述泰搂抱秀姑——他是从这个世界和他内心的各种险恶里把她抢了回来——轻轻地摇摆着。秀姑眼睛发光，显得幸福而安静。

镶边的云，浓黑的云飘过了月亮。田野明朗了，冷风吹下山坡。

"我这个家糟得很，辜负了你了！你还是出去做事——活着，我就记挂你。"

秀姑在他怀中抬头，严肃地看了他很久，想从他的脸证明他是否会记挂她。

"我想你。"她严肃地说，看入他的眼睛。

"有屁用!"黄述泰苦笑，说，亲她。然后带着爱情的力量苦恼而奋激地看着她。

"你的青春啊！我们这些人就是这样苦酸!"他说，沉默，看着月亮。"……我们两个好比天上的云，"他低声说，"本来聚在一起是要下雨的，但是风把云吹散了！又好比……好比那星星发光，但是黑云遮住它，很无情，于是天地间就黑暗!"他皱眉看着远处。"再好比那田地里的菜籽花，去年下了种子，本来要发芽，芽长成菜，开花的，但是让别人踩坏了，就没有花，就很空虚，很荒凉。破坏它的人就是那些绅粮，懂吗？我们的心里很痛苦，互相怨恨不能有爱情。爱情要长远，天地一样长远，四季一样长远，树结果子，就

216

是人的老年，有了儿孙，树不结果子有什么意思呢？而在外面漂流的人，就像是被秋风吹落了的树叶子。"他严厉地长久看着远处。黑云飘至天顶。风吹下山坡，野草发响。在他们后面有森林的深沉悲厉的，浪潮般的啸声。

"这就是我们农人的生活啊！痛苦啊！下了种而不能收获，田地荒凉，心儿黑暗了！"他大声说，浮上了苍白的，轻蔑的微笑。

秀姑严肃地看着他。突然觉得可怕——黄述泰要离去，忘记她，而这个世界要更凶地虐待她——哭了起来。

黄述泰抱紧啼哭的秀姑愤怒地看着远方。

"他们准我的假回来，我是讲信义的，我有前途！"回答秀姑的哭声，他说。

"我喜欢，我喜欢呀！"秀姑哭着，说。

黄述泰沉默了很久。

"天高地远啊！那云儿飘过山顶！"他说，声音微弱而打抖。

"我等你，到死……"

黄述泰痛苦地笑出了声音。

"能等，你就等！能等，你就等！……"他激烈地颤抖了起来，"啊，可怜啊，你的心跳得这样快，这样快！我的心在这里，在这里，它在这里啊！"

于是黄述泰抓着秀姑的手按在自己的胸上，冲动地哭了起来。

选自《饥饿的郭素娥 蜗牛在荆棘上》

人民文学出版社 1988 年 2 月出版

作家的话 ◈

文学是以它所描写的人物，它的人物的内心世界的展开，它的艺术力量发生着作用的。理解社会的各样的人们的心理和内心世界，也就是增多了解人们的社会的各联系与各因素。……因为希望探求社会的生活和各类人们性格的深处，因为希望打击黑暗和赞扬正义的事物，因为希望在时代的前进中尽自身的能力，因为希望记录下这一些时代的黑暗和人们的苦难，和社会的正与反的各类风习，引起人们的注意和使将来的人们对这些时代有具体的理解，我学习着从事文学的工作。我的能力是有限的，但我有时有着奋勇。

《〈燃烧的荒地〉新版自序》

评论家的话 ◈

他不能用只够现出故事经过的绣像画的线条，也不能用只把主要特征的神气透出的炭画的线条，而是追求油画式的，复杂的色彩和复杂的线条融合在一起的，能够表现出每一条筋肉的表情，每一个动作底潜力的深度和立体。他自己曾带着疑虑说过"我越写越弄清楚什么叫作小说了！"这是为生活内容探求相应的形式呼声，也是无法不从形式传统跨过的呼声，一个明眼的读者当不难看出这里面的苦闷的痕迹罢。

胡风：《一个女人和一个世界》

路翎先生在写黄述泰的成功是无由否认的。黄述泰的二重人格——本能的善良和人为的粗暴，使他成为一个极不单调的角色。他的爱情为英雄的夸耀所掩饰，他的懦弱倒躲藏在莽撞的冲动里。……也许你会觉得他太笨拙，太依仗于他自己的设计；但也正因此，才使作者有了充分的机缘，去丰富一个人物，给予他多样的生命。有时你为这人物的单纯与原始而感到可笑，就在这可笑的心情里，使你意识到自己对他的爱恋。

冯亦代：《评〈蜗牛在荆棘上〉》